그림의 결

- 이 책을 이렇게 읽어보세요!
- 이 책은 그림에 대한 설명을 최소화한 채 오직 '그림과 나'만을 남겨두고 읽을 수 있도록
  구성했습니다. 책 속에 펼쳐진 그림과 김선현 교수님의 따뜻한 글을 읽으면서 온전히 그
  림과 글에 집중해보세요.

- 독자 여러분께 알려드립니다.
- 각 그림의 화가 이름은 원칙적으로는 외래어 표기법을 따랐고, 일부 화가의 이름은 통칭
  에 따랐습니다.
- 각 그림에는 화가 이름, 그림 제목, 제작 연도, 제작 방법, 실물 크기(세로x가로cm), 소장
  처를 적었습니다.

그림의 결

오늘이
외롭고
불안한
내 마음이
기댈 곳

김선현 지음

예담

연애를 하고, 결혼을 하고, 아이 둘을 낳고 나서야 제 마음 상태는 '이제야 숙제를 마쳤다'는 홀가분함에 휩싸였습니다. 그만큼 연애와 결혼, 육아의 고비 앞에서 수많은 선택과 고민을 거쳤기 때문입니다.

하지만 웬걸요. 그 뒤에 겪어야 하는 어려움, 그 후로도 지속적으로 해치워야 하는 일들은 태산같이 제 앞으로 가로막고 나섰습니다. 돌이켜보면 가정과 직장을 넘나들며 힘겹고 정신없이 살아온 것 같습니다.

다가올 내일이 막막하고 두려워 주저앉고 싶을 때, 누구에게도 말 못할 상처로 마음이 무너져내릴 때, 저에게 꾸준하고 묵묵한 위로를 건넸던 것은 바로 '그림'이었습니다. 제 마음을 대변해주는 듯한 그림이나 불같이 일어난 마음을 다스려줄 그림들을 만날 때면 순수한 기쁨마저 느껴졌습니다.

마음을 다스리는 방법에는 여러 가지가 있겠지만 그중에서도 그림은 스트레스를 다스리고 마음에 활력을 불어넣어줄 최고의 명약입니다. 그림 속에는 마음을 풍요롭게 해주고 내면을 강하게 키워줄 힘이 숨어 있습니다.

때로는 설렘을 주고, 때로는 포근한 담요처럼 따스했던 수많은 그림 중 80여 점의 그림을 이 책에 담았습니다. 마음속이 먹구름으로 가득 찬 날엔 눈부실 만큼 환하고 밝은 그림 곁에, 얽혀버린 털실 뭉치처럼 인생이 꼬이는 날엔 담담한 그림 곁에 마음을 내려놓고 잠시나마 숨을 돌리며 살아왔습니다.

첫째 장은 설렘, 연애, 결혼 등 사랑에 관련된 그림들을 다뤘습니다.

둘째 장에는 친구, 가족, 동료 등 관계에서 나를 지켜낼 그림을 담았습니다.

셋째 장에는 나, 그리고 '내 안의 나'와 둥글게 살아가기 위한 그림을 골랐습니다.

중간 중간 넣어둔 질문들은 직접 작성해보며 상처받은 마음을 내려두고 쉬어가도 좋습니다. 그림과 글이 연결되는 곳에는 마음을 매만질 명언들도 실었습니다.

오랫동안 미술치료 현장에서 일하면서 많은 여성들을 만났습니다. 어린 소녀들부터 노년의 여성, 우울증이나 치매를 겪는 여성, 성폭력 피해자들, 해외 이주여성, 워킹맘, 난임이나 암으로 고통 받는 여성들, 트라우마 환자, 위안부 피해 여성까지 다양한 연령대의 여성들을 만났습니다. 이들이 겪는 문제는 크고 작은 질환부터 사회적 문제까지 너무나 다양했습니다.

많은 여성들과 아픔을 같이 하면서 '누구나 자신이 원하는 삶을 살아갈 자유가 있다'는 걸 절실하게 느꼈습니다. 물론 이 책을 손에 든 분들에게도 마찬가지겠지요. 누군가의 아내나 엄마가 된다고 해서, 어떤 힘겨운 일이나 질환을 겪는다 해서 나의 인생을 포기한다 생각하지 마시길 바랍니다. 무엇보다 중요한 '나'의 인생이 만족스럽고 행복하도록 그 길을 찾아가야 합니다.

동시대를 살아가는 여성들을 생각하며 오랜 기간 그림을 고르고, 글을 썼습니다. 한 점 한 점 고심하며 고른 그림과 글을 이제 세상에 내놓습니다. 이 책이 다양한 모습으로 살아가는 여성들에게 조금이나마 위로와 힘이 되기를 바랍니다. 이 책에 펼쳐진 그림들이 그녀들의 얼굴에 작은 미소나마 선물할 수 있다면 그것으로 만족하겠습니다.

2017년 3월

저자 김 선현 드림

정답은 없지만, 조금씩 답에 가까워지기

1

정답은 없지만,
조금씩 답에 가까워지기

그 어떤 순간에도
당신 자신을 잃지 마세요

우리는 상대와의 관계가 예전 같지 못하고 어렵고 힘들 때면 '사람이 변했다'고 말합니다.

이 말 안에는 인격뿐만 아니라 외모도 바뀌었다는 의미가 담겨 있는 것이겠죠. 그렇지만 우리는 어떤 변화가 있더라도 우리 자신을 잃어서는 안 됩니다. 나는 누구보다 귀한 존재입니다. 지금 당장 상황이 바뀌었다고 해서 모든 것을 포기하고 흐트러지는 것은 바람직하지 않습니다.

"가난한 집일지라도 마당을 깨끗이 쓸고, 가난할지라도 여자가 머리를 곱게 빗으면 외관과 외모가 화려하지 않아도 품위가 우아할 것이다. 그러므로 훌륭한 사람이 가난하고 불행해지더라도, 어찌 자기 스스로 피폐해지고 해이해질 것인가"라는 채근담의 한 구절이 마음에 와 닿는 그림입니다.

———

프랭크 캐도건 카우퍼
Frank Cadogan Cowper

무자비한 미녀
La Belle Dame Sans Merci

1926 | 캔버스에 유화 | 102 × 97cm | 개인 소장품

———

나를 다치게 했던, 나를 아프게 했던
사랑의 경험이 있나요?
아직도 나를 괴롭게 하는 사랑의 추억이 있다면
여기에 적어보고 털어내 봅시다.

사람은 아무도 다른 사람을 정말로 이해할 수 없고
아무도 다른 사람의 행복을 만들어줄 수 없다.
그레이엄 그린 Graham Greene

혼자 시작한 사랑을
응원합니다

프랑스 테제베를 타고 여행을 한 적이 있습니다. 끝없이 펼쳐지는 해바라기 밭을 보면서 하나같이 태양을 향해 한 방향을 바라보는 것이 신기하기만 했습니다. '그래서 꽃 이름이 해바라기였구나'라는 생각을 한 적이 있습니다.

처음 사랑을 할 때면 누구나 마음에 짝사랑을 시작으로 감정이 싹트기 시작합니다. 첫사랑이나 짝사랑이 아름다운 이유는 사랑이라는 감정 하나에만 충실하기 때문일 것입니다. 오로지 해만 바라보는 해바라기처럼 말입니다.

푸른 물가 옆 노란색의 해바라기는 사랑을 막 시작하는 짝사랑의 꽃처럼 느껴집니다. 몰래 혼자서 하는 짝사랑이 때론 마음도 아프고 들킬까봐 조심스럽기도 하지만, 예쁘고 순수한 사랑을 할 수 있는 그때야말로 아름다운 순간이라고 여겨집니다.

구스타브 카유보트
Gustave Caillebotte

센 강둑의 해바라기
Sunflowers On The Banks Of The Seine

1886 | 캔버스에 유화 | 92.3× 73cm | 개인 소장품

이런 게
사랑일까요?

소녀가 사랑에 빠졌습니다. 머릿속은 온통 그에 대한 생각으로 가득합니다.
낮에 그를 만났을 때의 공기, 그가 입은 옷, 나에게 했던 말 한 마디 한 마디, 그의
웃음 등등. 모든 것이 자꾸 생각납니다. 사소한 것에 의미를 부여하기도 합니다.
자려고 누웠지만 사랑의 설렘으로 잠이 오지 않습니다. 그 사람은 지금 무얼 하
고 있을까요? 그도 나를 생각하고 있을까요?

프리츠 주버 뷜러
Fritz Zuber Buhler

베개에 기댄 미녀
A Reclining Beauty

1822~1896 | 캔버스에 유화 | 66 × 81cm | 개인 소장품

진심을 담아 말합니다,
사랑해요

봄빛을 닮은 듯 밝고 환한 풀밭 사이로 탐스러운 금발의 소녀가 뛰고 있습니다. 아름다운 머리카락과 원피스가 흐트러질 때까지 실컷 뛰고 또 뛰던 소녀는 이내 풀밭 언저리에서 초롱꽃 한 송이를 발견합니다.

소녀는 그 꽃을 보자마자 한 소년이 떠오릅니다. 늘 같은 곳에 누워 있는 어두운 표정의 소년이 말입니다. 풀밭을 쏘다니느라 쌓인 피로는 어느새 모두 사라졌습니다. 해맑게 꽃을 내미는 소녀가 소년에게 건네려 했던 말은 무엇이었을까요? "넌 정말 소중한 사람이야"가 아니었을까요?

───

에릭 베렌스키올드
Erik Theodor Werenskiold

햇살
A Sun Beam
1891 | 캔버스에 유화 | 113 × 125cm | 예테보리 미술관

───

소녀가 소년에게 건넨 초롱꽃의 꽃말은
'감사와 성실'입니다.
나의 진심이 받아들여진 사건이나 사람을 기억해보세요.
어떻게 진심이 통하게 되었나요?

삶의 무게와 고통에서 우리를 해방시키는 것은 단 하나다.
바로 사랑이다.

소포클레스 Sophocles

사랑에 빠진 당신의
아름다운 모습

가수 이선희 씨의 〈그중에 그대를 만나〉라는 노래에 이런 가사가 있습니다. "별처럼 수많은 사람들 그중에 그대를 만나 꿈을 꾸듯 서로를 알아보고 주는 것만으로 벅찼던 내가 또 사랑을 받고~"

아름다워지는 마법은 바로 사랑입니다. 사랑을 받는다는 것, 누군가의 관심과 배려를 받는 것만큼 우리 마음을 움직이는 것은 없습니다. 그런 순간들이 우리를 아름답게 하고 정서적으로 안정을 줄 것입니다. 마음의 문을 맘껏 열고 사랑하세요. 두려워서 겁이 나서 좋은 사람을 놓치지 말고, 괜한 걱정들로 힘들어하지 말고, 사랑하시기 바랍니다.

에드먼드 블레어 레이튼
Edmund Blair Leighton

노래의 끝
The End of the Song

1902 | 캔버스에 유화 | 128.5 × 147.3cm | 개인 소장품

온 세상이
핑크빛으로 물들 때

이 앳된 소녀는 얼굴만 보면 어려 보이지만 전체적인 신체를 보면 아주 어린 소녀는 아닌 듯합니다. 정면을 응시하는 모습이 당차 보이기까지 합니다. 소녀의 원피스는 물론 전체 배경도 꽃무늬로 둘러싸여 있습니다.

사랑에 빠진 이들 중에는 사랑받고 있음에 당당해지는 모습을 보이기도 합니다. 실제로 사랑을 하는 이들은 예뻐 보입니다. 그래서 옛말에 기침과 사랑은 숨길 수 없다고 했는지도 모릅니다.

구스타프 클림트
Gustav Klimt

매다 프리마베시
Mada Primavesi

1912 | 캔버스에 유화 | 149.9 × 110.5cm | 뉴욕 메트로폴리탄 미술관

내일은 기다리던
데이트 날!

사랑이 시작될 때나 사랑이 한창 무르익을 때, 사랑의 감정이 싹트는 상대를 만나는 데이트 날을 앞두면 누구나 설레기 마련입니다.

나의 아름다운 면을 부각시키기 위해 이 옷 저 옷 입어보고 헤어스타일도 신경 쏩니다. 그리고 화장도 신경을 쓰지요. 머릿속은 온통 사랑하는 이에게 호감을 주고 싶다는 생각뿐입니다. 일생에 이런 설렘들, 사랑하는 한 사람을 위해 많은 시간을 준비하는 순간들이 얼마나 될까요? 참 예쁜 순간이라는 생각이 듭니다.

그림의 이 여인을 보세요.

붉은 볼과 붉은 입술. 시선은 한쪽을 향하고 있습니다. 마치 누군가를 그리워하고 있는 듯합니다.

타마라 렘피카
Tamara de lempicka

밀짚모자
The Straw Hat

1930 | 캔버스에 유화 | 35 × 27cm | 개인 소장품

들고 있는 꽃마저 핑크빛입니다. 쓰고 있는 모자도, 빨간 입술도 누군가를 위해 치장한 듯합니다.

30 상대에게 아름다운 모습을 보이기 위해 거울 앞에 서는 시간, 이런 순간이 가능한 것은 사랑하는 이와의 데이트라는 기대감 덕분이지요!

연애란 인생에서 맛볼 수 있는 최대의 기쁨이고
인간에게 주어진 광기어린 일이다.

스탕달 Stendhal

키스,
영혼과 영혼이 맞닿는 순간

이 연인의 키스를 보고 있노라면 아름다운 장소에서 편안하게 하는 키스로 보이지 않습니다.

급박한 상황 가운데서 사랑하는 감정에 사로잡혀 격렬하게 하는 키스 같다는 생각이 듭니다.

마치 드라마 속에서 이뤄질 수 없는 사랑을 나누는 남녀 주인공의 키스 장면과도 같이 보입니다. 두 사람의 모습에서 마치 영혼이 맞닿는 듯한 강렬함이 느껴지시나요? 키스는 때로 여러 말보다도 마음의 감정을 가장 잘 전달하는 강렬한 수단이 되기도 합니다.

프란체스코 하예즈
Francesco Hayez

입맞춤
The Kiss

1859 │ 캔버스에 유화 │ 110 × 88cm │ 브레라 미술관

솜사탕처럼 달콤했거나
사이다처럼 톡 쏘거나,
각자에게 서로 다른 첫 키스의 추억.
다음의 빈 칸을 채워보며 첫 키스의 순간을 떠올려보세요.

나의 첫 키스는 (   )다.

키스는 마음을 빼앗는 가장 힘세고 위대한 도둑이다.
소크라테스 Socrates

연결되지 못한
두 사람의 마음

남자는 여성에게 관심을 갖고 구애를 합니다. 아마 그 이전에도 한 것 같습니다. 그러나 여인은 신경 쓰지 않고 창밖 풍경만 바라봅니다. 막상 구애를 하는 남자도 그리 진지해 보이지 않고 적극적이지도 않아 보입니다.

헛된 구애가 될 것만 같은 모습입니다. 여자는 정말로 그의 구애를 들어주지 않고 무시했을까요? 제가 보기에 이 여성에게는 계속해서 진지하게 구애를 시도해야 하지 않을까 생각됩니다. 여성의 마음을 진실로 얻고자 한다면 말입니다. 여성들은 한 번에 오케이라고 말하는 것이 쉽지 않을 수 있습니다.

로렌스 알마 타데마
Lawrence Alma Tadema

헛된 구애
Vain Courtship

1900 | 캔버스에 유화 | 77.5 × 41.3cm | 개인 소장품

그 사람은 무슨 생각을 할까?
궁금해요

연애를 하면서 여성들이 가장 많이 하는 말이자 확인하는 말, 방금 듣고도 치매 환자처럼 곧 잊어버리고 묻는 말, 바로 "나 사랑해?"입니다. 이 물음은 결혼을 해서도 마찬가지입니다.

연애하는 상대방이 무슨 생각을 하고 있는지, 자신을 얼마나 좋아하고 있을지 궁금해 하는 것은 너무도 당연한 여성의 심리 상태입니다. 남성들은 반복되는 질문에 짜증내지 말고 답해 주시고 오히려 상대방이 묻기 전에 사랑한다고 말해 보는 건 어떨까요?

사랑하는 사람이 옆에 있으면 자꾸 궁금해집니다. '이 사람은 무슨 생각을 할까?' '나를 정말 좋아하는 걸까?' '혹시 내가 더 좋아하고 있으면 어쩌지?'

특히 사랑을 시작하는 초기에는 더욱 그러한 마음이 듭니다. 행동 하나하나에도

윈슬로 호머
Winslow Homer
대답을 기다리는 중
Waiting for an Answer
1872 | 캔버스에 유화 | 30.5 × 43cm | 보스턴 미술관

의미를 담기 시작합니다. '이 말과 행동은 이런 생각을 갖고 하는 것 아닐까?' '무슨 생각으로 이런 말을 하는 걸까?'

아무렇지 않게 한 말에도 온갖 생각이 깃듭니다. 생각은 상상을 낳고 나중에 오해까지 낳을 수 있습니다. 옆 사람이 답답해하지 않도록 표현해주세요. 사랑한다면 고백도 하시고요.

여기, 마음을 들여다보는 '투시 안경'이 있습니다.
이 안경으로 들여다보고 싶은 마음이 있으신가요?
누구의 마음을 들여다보고 싶은가요?

어려운 것은 사랑하는 기술이 아니라 사랑을 받는 기술이다.

알퐁스 도데 Alphonse Daudet

의심의 씨앗에
물을 주지 마세요

사랑하는 사람과의 관계에 의심이 깃드는 순간, 그리고 그 의심이 확신으로 다가오는 순간, 사랑은 흔들리게 됩니다.

식탁 앞의 분위기가 심상치 않습니다. 남자는 신문으로 얼굴을 가리고 여자는 혼자 생각에 빠져 있습니다. 다툼이 있었는지 정확히 알 수는 없지만 서로를 신뢰하고 있거나 공감하고 있는 것 같지는 않아 보입니다. 여성은 의심하고 있는 듯하고 남성은 아무 문제없다는 듯 일상생활을 하는 것 같아 보입니다.

의심은 의심을 낳는다고 합니다. 의심의 씨앗에 물을 주지 마세요.

혼자만의 생각에 너무 깊이 빠져버리면 의심으로 흐를 가능성이 높습니다.

윌리엄 맥그리거 팩스턴
William McGregor Paxton
아침식사
The Breakfast
1911 | 캔버스에 유화 | 71.8 × 89.5cm | 개인 소장품

의심이 자꾸 쌓여갑니다.

어떻게 하면 내 의심의 마음이 가라앉을 수 있을까요?

앞 페이지에서 봤던 그림을 머릿속에 찬찬히 떠올려보세요.

그리고 옆의 글을 읽어보세요.

의자에 앉았던 여자, 그 앞의 남자와 접시를 들고 나가던 하녀까지.
머릿속에 떠올린 그림과 앞에 소개한 그림을 비교해보며
어떤 차이가 있는지 살펴보세요.

지나치게 왕성한 생각은 사고가 아니다.
시어도어 로스케 Theodore Roethke

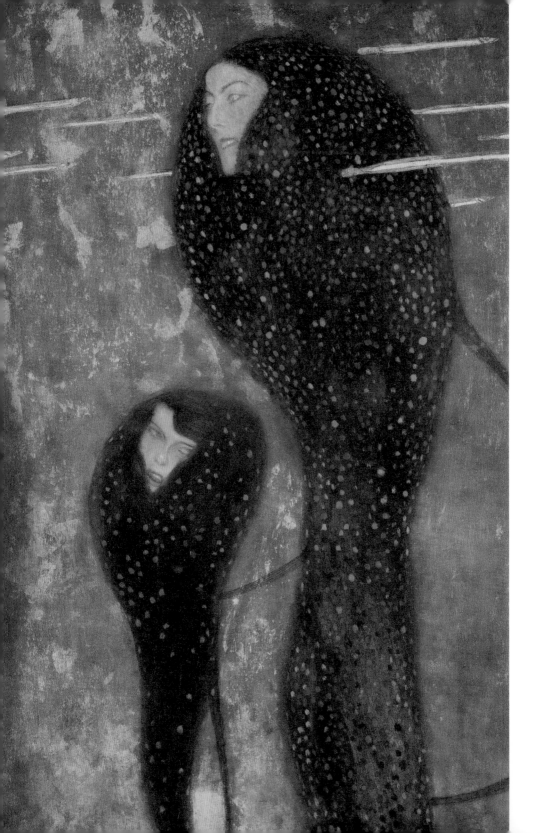

질투심으로 마음앓이 하는
당신에게

성경에 "질투가 영혼을 파괴한다"는 말이 있습니다. 질투라는 감정은 아무리 삭히려고 해도 좀처럼 삭히기 힘들고 오히려 본인의 인격을 더 피폐하게 만들기도 합니다.

질투가 시작되면 걷잡을 수 없이 피어오릅니다. 질투라는 것이 어떤 형체가 있는 것이 아니죠. 그냥 걷잡을 수 없이 자라나는 것입니다. 어서 싹을 잘라내고 멈추지 않으면 더욱 무서운 상상을 하게 만들고 끝을 알 수 없게 될 것입니다. 질투가 내 마음을 잠식하기 전에 멈추는 작업이 필요합니다. 영혼이 더 피폐해지지 않도록 자신을 돌아보고 점검해봐야 합니다.

구스타프 클림트
Gustav Klimt

은물고기
Silver Fish

1899 | 캔버스에 유화 | 82 × 52cm | 오스트리아 은행 미술 컬렉션

용서해줘,
오해하지 말아줘

"내가 일부러 그런 건 아니야" 우리는 때로 남녀관계에서 사소한 것으로 오해를 하는 경우가 많습니다. 그런데 그 오해는 때로 자존심 대결로 이어지는 경우가 많아서 헤어짐까지 가는 경우도 많이 있습니다.

두 어린아이가 서로 눈을 쳐다보며 이야기하고 있습니다. 눈빛을 통해 오해가 있었던 자신의 감정을 표현하고 있는 듯합니다. 시간이 지나면 이해가 되기도 하지만 현재 상황으로는 이해하고 싶지도 않고 때론 설명하기도 싫은 때가 많습니다. 그럴 때면 감정적 대응이 앞서기 마련입니다. 많은 여성들은 말합니다. "꼭 말로 해야 해?" 남성들은 말합니다. "말을 안 하면 어떻게 알아?"

자주 표현하고 그때그때 오해를 풀어야 오해 이상의 큰 상황을 피할 수 있습니다.

윌리엄 아돌프 부게로
William Adolphe Bouguereau

개울 끝에서
At the Edge of the Brook

1879 | 캔버스에 유화 | 120.5 × 91.5cm | 개인 소장품

관계의 끈을
유지하는 법

불꽃이 튀던 연애 초기 이후에는 잔잔한 풍경화처럼 특별한 이벤트가 없는 날들이 이어집니다. 여기에서 오래 지속되는 사이로 발전하려면 다툼 후에 화해하는 과정이 중요합니다.

남녀가 다투고 나면 누군가 화해를 요청해야 그 관계가 유지됩니다. 화가 빨리 풀려서 관계가 바로 좋아진다면 좋겠지만, 대부분은 마음이 풀릴 때까지 시간이 필요합니다. 잘못한 게 있다면 곧바로 자신의 잘못을 인정하고 사과하는 게 좋겠지요. 그리고 상대의 마음이 풀리기를 기다려야 할 것입니다. 화해의 메시지를 받았다면 화를 삭이고 용서하는 시간이 필요하겠지요. 화해의 시간에 이 잔잔한 그림이 도움이 되기를 바랍니다.

화해를 누가 먼저 하든 그건 중요하지 않습니다. 끝까지 기다리고 함께한다는 신뢰를 주는 것이 중요합니다.

프리드리히 가우어만
Friedrich Gauermann

알타우제 호수와 다흐슈타인 산맥
Lake Altaussee with the Dachstein Massif

1827 | 캔버스에 유화 | 30 × 43cm | 벨베데레 궁전

"미안해"라는 말을 먼저 건네는 데에는 용기가 필요합니다.

의심과 분노로 얼룩진 마음이 가라앉고 나서야 가능한 일이기도 하죠.

아직 정리되지 않은 미움의 감정이 있다면

앞 페이지의 그림을 조용히 다시 한 번 바라보면서

어지러운 마음을 정리해보세요.

용서는 좋은 것이다. 잊는 것은 더욱 좋은 것이다.
로버트 브라우닝 Robert Browning

처절하게 느껴지는
헤어짐의 순간

그림 속의 여인을 보며 처음에는 파혼을 당한 게 아닐까 생각했습니다.

하지만 자꾸 보다 보니 이미 사라진 상대의 모습을 그리며 남겨진 웨딩케이크에 하염없이 눈물을 흘린다는 〈웨딩케이크〉 노래가사도 생각이 납니다. 혹시 결혼할 남성이 사고를 당했다는 소식을 접한 건 아닐까요?

사랑하는 사람, 결혼을 약속한 이들에게 갑작스레 닥치는 헤어짐의 순간은 얼마나 가슴 아픈 일일까요.

실연이라는 것은 누구에게나 큰 아픔으로 남고, 그 아픔이 해결되기까지는 충분한 애도의 시간이 필요합니다.

프레더릭 윌리엄 엘웰
Frederick William Elwell

웨딩드레스
The Wedding Dress
1911 | 캔버스에 유화 | 128.3 × 102.6cm | 페렌스 미술관

이별을
견디는 법

이별을 견디는 방법에는 어떤 것이 있을까요? 어떤 이는 혼자 방에 갇혀서, 어떤 이는 금방 다른 사람을 만나는 걸로, 또 어떤 이들은 친구를 만나서 수다를 떨거나 술로 잊으려고도 합니다.

그러나 이별의 순간이 너무나 힘겹고 슬프더라도 그 시간을 잘 견디고 극복하면 우리는 어느덧 성숙해진 자신의 모습을 보게 될 것입니다.

실연의 아픔을 극복하는 여러 가지 방법 가운데 여행이나 혼자 시간을 보내는 것을 권해보고 싶습니다. 그러나 너무 오랫동안 홀로 있어서는 안 됩니다.

쾌락적인 방법이나 알코올 등 약물에 의존하는 것도 좋지 않습니다. 자신을 돌아볼 수 있고 안정을 주는 산책, 신앙 활동, 꽃 가꾸기, 책읽기 등을 추천해드립니다.

앙리 마티스
Henri Matisse

창가의 젊은 여인
Young Woman at the Window, Sunset

1921 | 캔버스에 유화 | 52.4 × 60.3cm | 볼티모어 미술관

그림을 한번 보세요.

시간이 지나면 창문을 통해 따사로운 햇살이 들어오듯 내 마음에도 새로운 기쁨

이 스며들 것입니다.

추억들은 우리를 내면에서부터 따뜻하게 해주지만,
그것은 우리를 갈가리 찢어버리기도 한다.

무라카미 하루키 Murakami Haruki

우리는 어째서
함께일 수 없는 걸까

이별 후에 찾아오는 쓰라림 중에서 가장 큰 것은 사랑하는 이와 보냈던 행복한 순간이 떠오를 때입니다. 특히 그에게 받았던 연애편지는 당시의 추억에 빠져들게 만들어 마음을 더 아프게 합니다. 그림 속 여인은 타오르는 벽난로에 사랑의 편지를 불태우는 듯합니다.

이별 후 편지를 불태우는 사람, 여행을 떠나는 사람, 헤어스타일을 바꾸는 사람들의 마음은 어떨까요? 이런 행동은 그를 잊고, 변화하고 싶다는 마음의 표현입니다. 한편으로는 헤어짐의 상처를 보상받고 싶은 자기 자신을 위로하는 방법이기도 합니다. 이별 후에 우리는 누구나 상처를 보듬는 시간이 필요합니다.

칼 허퍼
Carl Herpfer

러브레터
The Love Letter

1836~1897 | 캔버스에 유화 | 63.5×45cm | 개인 소장품

지나간 것은
지나간 대로

한 여인이 편지 앞에 섰습니다. 그 편지는 너무 늦은 답장이었는지도 모르겠습니다. 그녀가 매일 같이 우체통을 열어보고 실망하기를 반복했던 것은 오래전 일이었습니다. 주소를 잘못 알려준 것은 아닐까, 비라도 내리는 날이면 혹여 편지가 비에 젖어 찢어져버린 것은 아닐까 걱정하고, 아무리 기다려도 도착하지 않는 편지의 내용을 상상하느라 기대하고 두려워하는 동안 시간은 이미 너무 많이 흘러가버린 것이죠.

어쩌면 이 편지는 그녀가 아직 보내지 못한 편지일지도 모르겠습니다. 이것은 앞선 이야기를 모두 무효로 돌리는 셈이지만 이로 인해 우리가 생각할 수 있는 것은 근본적으로 크게 다르지 않아요. 지나간 것은 지나간 것이라는 것.

편지 속에 그녀가 원하던 대답이 있거나, 없거나, 혹은 그녀가 이 편지를 부치거

윌리엄 맥그리거 팩스턴
William McGregor Paxton

편지
The Letter

1908 | 캔버스에 유화 | 76.2 × 63.5cm | 개인 소장품

나, 부치지 않거나, 앞으로 남은 그녀의 삶이 흔들리지 않길 바랍니다. 그녀가 이 편지에 남아 있는 지난날의 추억과 그리움을 미련 없이 버리고 새로운 하루를 살아갔으면 좋겠습니다. 우리가 바꿀 수 있는 것은 오직 '내일'뿐이고 내일을 바꾸는 것은 '오늘의 나'라는 사실을 이제는 그녀도 알고 있을 테니까요.

인간의 감정은

누군가를 만날 때와 헤어질 때

가장 순수하며 가장 빛이 난다.

장 파울 Jean Paul Richter

새로운 시작에는
'좋은 이별'이 필요하다

'좋은 시작을 위해서는 좋은 이별이 필요하다'는 말은 과연 무엇일까요?
사람과의 만남과 관계는 나를 성숙하게 만들어줍니다. 그런데, 지난 만남들에
대한 헤어짐이 제대로 되어 있지 않으면 같은 이유로 헤어짐이 반복되고 좋은
만남을 계속해서 이끌지 못하게 됩니다. 그래서 실연 이후에는 상처가 아물 시
간이 필요합니다. 지나간 시간들이 힘들고 아까운 시간들이 아니라 나를 성숙하
게 만드는 귀한 시간이었다고 생각하면 좋겠습니다.
천사와 같은 소녀들이 등불을 준비하고 있습니다. 등이 잘 보이도록 청소를 하
거나 점검을 하고 있는 듯이 보입니다. 좋은 시작을 위해서 등불을 재점검하는
마음. 아마도 천사가 있다면 이런 모습이지 않을까 생각을 해봅니다.

———

존 싱어 사전트
John Singer Sargent

카네이션, 백합, 백합, 장미
Carnation, Lily, Lily, Rose

1885~1886 │ 캔버스에 유화 │ 174 × 153.8cm │ 런던 테이트 브리튼 갤러리

———

실연의 상처를 어떻게 극복하셨나요?

이미 떠나갔지만 마음속에서는 떠나보내지 못한 사람이 있나요?

그 이름을 종이 한 장에 적어 종이비행기로 만들어 날려보내세요.

분명 또 새로운 날이 시작될 거예요.

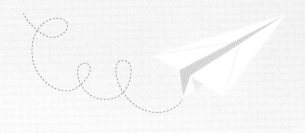

이별의 아픔 속에서만 비로소 사랑의 깊이를 알게 된다.

조지 엘리엇 George Eliot

오래된 연인에게
건네는 그림

오래된 연인은 친구 같습니다. 이성보다도 때론 오빠나 동생 같이 편할 때가 많이 있습니다. 이런 연인 사이를 편안하게 생각하는 사람들도 많지만 대부분은 새롭지 못한 익숙함에 싫증을 내거나 만남이 무료하다고 느끼기도 합니다. 뇌과학자들은 사랑이라는 감정에 뇌가 반응하는 시간이 3개월 정도라고 하지요. 그 뒤로는 무덤덤해질 수 있다는 것입니다.

오랜 시간 연인으로 지낼 경우 조심해야 할 필요가 있습니다. 서로를 함부로 대하지 말고 예의를 갖추고 더 아름답고 멋지게 치장도 하는 것입니다. 즉 서로에게 너무 긴장의 끈을 풀지 말라는 의미입니다.

그림의 연인처럼 상대방의 이야기에 귀를 기울이고 더 관심을 갖고 들어주는 매너가 필요한 것입니다.

에두아르 마네
Edouard Manet

라튀유 영감의 가게에서
At Le Pere Lathuile

1879 | 캔버스에 유화 | 92 × 112cm | 벨기에 투르네 미술관

설렘이 잦아든 이후의
관계에 대하여

부부나 연인 사이에 권태기는 종종 올 수밖에 없습니다. 연애 초반의 달콤함도 서로를 어느 정도 알아간 이후에는 사라지기 마련이고, 결혼 초반의 설렘도 아이를 낳고 키우면서 여유가 사라지면 권태기가 찾아옵니다. 횟수는 정확히 알 수 없지만 누구에게나 찾아옵니다.

그림 속 풍경을 보세요. 우리는 유독 자연을 보면서는 잘 질리지 않습니다. 봄이 가면 여름이, 여름이 가면 가을이, 가을이 가면 겨울이 오기 때문입니다. 그리고 자연은 어떤 감정을 가지고 부딪칠 일이 없기 때문에 권태기가 오지 않습니다. 오직 감정을 나누어야 하는 인간관계에만 권태기라는 시기가 있으니, 그때에는 생활에 작은 변화를 줘보는 등 지혜롭게 그 시기를 극복하면 좋을 것입니다.

월터 댄디 세들러
Walter Dendy Sadler

샤프롱
The Chaperone

1854~1923 | 캔버스에 유화 | 65.5 × 122cm | 개인 소장품

결혼,
해야 할까 말아야 할까

결혼을 앞두고 많은 이들이 고민을 합니다. 주변에 들리는 대부분의 이야기를 떠올려보면 결혼생활이 썩 좋아 보이지 않습니다. 오히려 힘겨워 하는 경우가 더 많습니다.

그러나 결혼생활의 이면에는 크지는 않지만 소소한 행복들이 많이 있습니다. 그림을 한번 보세요. 아이를 낳은 아내는 밤잠을 설친 모양입니다. 남편은 출근 준비를 마쳤습니다. 밤에 잠 못 자고 힘들었을 아내를 그는 깨우지 않습니다. 그저 조용히 바라봅니다. 쌔근거리며 자는 아내와 아기의 얼굴을 너무나 사랑스럽게 보고 있습니다.

행복은 이런 작은 것들이 하나씩 가슴에 새겨지는 작업들입니다. 결혼생활을 떠올릴 때 겉으로 보이는 힘겨움만 보지 마시고 그 안에 숨겨진 작은 행복을 기대하고, 또 실제로도 맛보실 수 있기를 바랍니다.

프레더릭 윌리엄 엘웰
Frederick William Elwell

첫 아이
The First Born
1913 | 캔버스에 유화 | 102.2 × 127.3cm | 페렌스 미술관

결혼, 해야 할까요? 말아야 할까요?

결혼을 앞두고 고민하는 분들이나

어떤 선택을 앞두고 있는 분들이라면

하얀 종이 한 장을 꺼내 절반으로 접어 보세요.

한 쪽엔 그 선택에 'YES'를 했을 경우에 얻는 것들을,

다른 쪽엔 'NO'를 했을 경우에 얻게 되는 것들을 쭉 적어보세요.

어떤 선택이 최선의 선택이 될지 눈에 보이지 않나요?

훌륭한 결혼이란 서로가 상대방을 자신의 고독에 대한 보호자로 임명하는 결혼이다.

라이너 마리아 릴케 Rainer Maria Rilke

어떤 사람과
결혼해야 할까요?

어떤 사람을 결혼 상대로 골라야 할까요? 당연히 사랑하는 사람이겠지요? 사랑이라는 감정이 계속 유지되고 '결혼하기를 잘했다'는 생각이 드는 사람이라면 더욱 금상첨화겠지요. 이 그림의 여성을 보세요. 함께 배를 탔던 사람 중에서도 오른쪽 남자의 손을 잡았습니다.

아마 이 남자가 마음에 더 들어왔을 것입니다. 여성이 흔들리는 배에서 외부로 발을 딛는 순간, 이 남자가 더 먼저 손을 내밀었을 것 같기도 합니다.

여성은 내가 힘들고 두려울 때 손을 내밀어 주는 남자에게 더 의지하고 싶어집니다. 아무리 조건이 좋아도 힘들고 어려울 때 나와 함께하지 못한다면 여성의 마음도 달아나고 만다는 것을 기억해주세요.

제임스 티소
James Tissot

템스 강에서
On the Thames

1882 | 캔버스에 유화 | 146 × 101.7mm | 개인 소장품

결혼을 한 분들이나, 아직 안 한 분들이나
배우자에 대해 기대하는 것들이 있으리라 생각합니다.
인생의 절반 이상을 함께할 상대에게
어떤 것들을 기대하고 있는지 다섯 가지만 적어보세요.

나의 배우자에게 기대하는 것들

1. _____

2. _____

3. _____

4. _____

5. _____

행복이란 자기 자신에게 국한되지 않은
다른 무언가를 사랑하는 데에서 싹트는 것이다.

윌리엄 조지 조던 William George Jordan

프러포즈를 받은
당신에게

'프러포즈'란 말에서 벌써 설렘이 묻어 나옵니다. 프러포즈를 기다렸던 여성, 프러포즈를 한 남성, 모두 서로에게 기대하는 것이 있겠지요. 물론 프러포즈를 하는 대상이 반대인 경우도 있기는 합니다.

기다리던 프러포즈를 받은 날이라면 누구나 그날을 기억하고 있을 것입니다. 그림 속 남자의 경우 좀 긴 시간 이 여성을 바라보았을 것 같네요. '나에게 너무 어린 여성은 아닐까' 하고 고민도 했을 것입니다. 그러나 의외로 이 여성은 너무 좋아하고 있네요.

더욱 친근하게 팔짱도 끼고 있는 여성과 이를 바라보는 남자의 시선도 멋집니다. 사랑은 이처럼 나이도 상관없게 만드는 마력을 가지고 있습니다.

오귀스트 르누아르
Pierre Auguste Renoir

알프레드 시슬리와 그의 아내
Alfred Sisley and His Wife

1868 | 캔버스에 유화 | 105 × 75cm | 발라프 리하르츠 미술관

함께 꿈꾸는
우리의 미래

왜 돈을 버는지, 왜 결혼을 하는지 물어보면 대부분이 미래에 더 잘 살고 싶어서라고 말합니다. 그들이 말하는 미래는 무엇일까요? 시간과 사람과 물질적인 모든 면에서 자유로움을 갖고, 하고 싶은 일을 하며 사는 것이 아닐까 생각합니다. 좋아하는 이들과 함께 시간을 보내고 맛있는 음식을 먹는 시간들, 이것들이 작은 일인 것 같지만 행복이고 기쁨이 될 수 있습니다. 특히 나이가 들수록 이런 시간들이 주는 행복을 느끼고 싶어질 것입니다.

그런데 우리가 꿈꾸는 이런 시간들이 현실이 되도록 하기 위해서는 그 무엇보다도 현재에 충실해야 합니다. 성실하게 보낸 현재의 시간들이 내가 꿈꾸는 우리의 미래를 열어줄 것입니다.

———

에두아르 마네
Edouard Manet

거울 앞에서
Before the Mirror

1876 | 캔버스에 유화 | 92 × 75cm | 뉴욕 구겐하임 미술관

———

평온한 일상이
주는 기쁨

아무리 피곤한 순간이 오더라도 사랑하는 사람들과의 평온한 시간을 가진다면 피로가 풀어질 뿐만 아니라 에너지를 재충전할 수 있습니다.

그림을 보면 초록색이 가득한 늦은 봄, 아이들과 함께 평온한 시간을 보내는 한 여인의 모습을 볼 수 있습니다. 그림을 보는 우리들도 함께 평온한 시간을 맞고 있습니다. 자연이 어우러지는 공간에서 사랑하는 이들과 함께 시간을 보내보세요. 자연이 주는 소리와 함께 시각적, 촉각적인 느낌들을 나누어본다면 여느 관광지 못지않은 기쁨을 느낄 수 있을 것입니다.

로베르 팽숑
Rovert Pinchon

앙프레빌 라 미 부아 맞은편 산책로
Le Chemin de Halage Face a Amfreville-la-mi-voie

1909~1910 | 캔버스에 유화 | 82 × 66cm | 개인 소장품

2
사람들 사이에서
나를 잃지 않기

타인의 시선에서 벗어나
순수함을 되찾고 싶을 때

타인의 시선을 벗어버리고 싶을 때가 종종 있습니다. 상황에 맞추어 페르소나라는 가면을 쓰는 것이 건강한 자기표현이기도 하지만 때로는 마냥 자유롭게 초자아를 쓰고 싶을 때가 있지요. 자신의 감정을 여과 없이 표현하는 아기나 광대처럼 말입니다. 그래서 베니스의 가면 축제가 유명한지 모르겠습니다. 가면을 쓴 얼굴 밖으로 오히려 속마음을 마음껏 표현해보는 것이지요.

초록 계열은 편안함을 나타냅니다. 그림 속 초록빛이 선사하는 편안함을 마음껏 느껴보세요. 그리고 때론 편안한 곳에서 편안한 이들과 마음껏 휴식을 즐겨보시기 바랍니다. 이런 자기만의 과정들이 있어야 숨이 막힐 듯 힘든 시기가 오더라도 잘 극복할 수 있습니다.

루이스 아돌프 테시어
Louis Adolphe Tessier

정원에서 공연하는 피에로
Pierrot Entertaining In The Garden
1895 | 캔버스에 유화 | 73.6 × 91.4cm | 개인 소장품

A Dubourg

가끔은 아무 계산 없이
사람들과 어울려보세요

도시 사람들보다 농촌 사람들이 더 순박하다고 하는 이유는 무엇보다도 아무 사심 없이 사람을 대하기 때문입니다. 우리는 사람을 대할 때 속지 말라는 주의를 많이 듣고 자랍니다. 특히 성인이 되어서는 사람을 조심하라는 충고를 주로 듣습니다. 그러다 보니 마음의 문을 쉽게 열 수 없어 관계가 힘들어집니다. 앞의 그림을 한번 보세요. 모두들 평안해보입니다. 멀리 호수가 보이는 들판을 자유롭게 즐기는 사람들의 모습이 마음을 평안하게 해줍니다.

바닥에 앉은 사람, 의자에 앉은 사람 모두 삼삼오오 짝을 지어서 이야기꽃을 피웁니다. 이들에게 사심이나 사람에 대한 경계가 그리 느껴지지 않습니다. 우리도 때로는 이들처럼 함께 있다는 것만으로도 편안하고 만족스러운 시간을 보낼 수 있는 사람들을 만날 필요가 있습니다.

알렉상드르 뒤부르
Alexandre Dubourg
옹플뢰르, 생시메옹에서의 식사
Honfleur, Repas a Saint-Simeon
18세기 | 캔버스에 유화 | 31.7 × 49.5cm | 트루빌 쉬르 메르, 빌라 몬테벨로 미술관

친구에게 속는 것보다
친구를 믿지 않는 것이 더 부끄러운 일이다.

프랑수아 드 라 로슈푸코 Francois de la Rochefoucauld

'남이 보는 나'에
신경 쓰고 있나요

이토록 아름다운 화분과 꽃 사이에서 한 여인이 무언가를 하고 있습니다. 어떤 방해에도 흔들리지 않겠다는 듯 집중하고 있는 뒷모습이군요. '남들은 나를 어떻게 볼까?' 하는 생각은 우리의 마음을 힘들게 합니다. 물론 남들과의 조화에 신경도 써야겠지요. 하지만 남의 시선에 자유로워질 필요도 있습니다.

다른 사람들의 시선에만 신경 쓰다가는 나다움이 없어지는 경우도 많고 자존감도 상당히 낮아질 수 있습니다. 나는 나입니다. 나의 개성을 존중하고 나 자신을 당당히 드러낼 수 있기를 바랍니다. 이렇게 예쁜 화분과 꽃처럼 말입니다.

프레더릭 차일드 하삼
Frederick Childe Hassam

제라늄
Geraniums

1888 | 캔버스에 유화 | 32.8 × 46.3cm | 뉴욕 하이드 컬렉션 미술관

인간관계에
균형이 필요하다면

한국 사람들이 유독 다른 사람들의 시선에 자유롭지 못한 것 같습니다. 주변을 살펴보면 의외로 많은 사람들이 인간관계에 어려움을 겪으며 살아갑니다. 인간관계를 잘한다는 것은 많은 사람들과 어울리는 것을 의미하지 않습니다. 그보다는 사람들과의 사귐에 균형이 필요하다는 의미입니다. 그러면 인간관계를 잘하기 위해서는 어떻게 해야 할까요?

가장 먼저는 사람들과 만나고 부딪치는 것을 두려워하지 않아야 합니다. 그리고 무례하면 안 됩니다. 친한 사이라고 해서 너무 편하게 대하면 서로 서운함이 생길 수밖에 없습니다. 지치지 않도록 조절할 필요도 있습니다. 시간을 두고 천천히 친해지는 지혜도 필요할 것입니다.

빅터 가브리엘 길버트
Victor Gabriel Gilbert

시장 서는 날
Market Day
1878 | 캔버스에 유화 | 90.2 × 130.8cm | 개인 소장품

사람을 만나는 일이
무의미하게 느껴질 때

탁자 위에 놓여있는 과일들이 전혀 맛있어 보이지 않습니다. 왜일까요? 상한 과일은 아니지만 싱싱하게 보이지 않기 때문입니다.

때로 사람을 만나는 일이 무의미하게 느껴질 때가 있습니다. 특히 업무의 목적으로 많은 사람들을 만나야 할 때가 더욱 그렇습니다.

만남의 목적이 있고, 특별한 결과를 얻기 위해 사람들을 만날 때는 무의미하다는 감정이 들 수 있습니다. 만약 무기력한 마음으로 사람들을 만나고 있다면 잠시 사람 만나는 것을 중단하라고 말하고 싶습니다.

사람에게 너무 지쳐버리면 마음을 다칠 수 있기 때문입니다. 조금 여유 있게 간격을 두고 사람을 만나는 것. 내 에너지가 바닥을 보이지 않도록 조절할 필요가 있습니다.

막스 페히슈타인
Max Pechstein

사과와 물병이 있는 정물
Still Life with Apples and Porcelain Jug

1912 | 캔버스에 유화 | 89 × 88cm | 벨베데레 궁전

삶에 있어 중요한 한 가지는 '혼자만의 시간'을 남겨둬야 한다는 것입니다.
사색하고, 뒤돌아보고, 다짐해보는 혼자만의 시간 말이죠.
오늘은 혼자 볼 영화 티켓을 한 장 구매해보는 건 어떨까요?
'혼자'임을 오롯이 즐겨보는 것입니다.

나는 혼자 있을 때 가장 외롭지 않았다.

에드워드 기번 Edward Gibbon

인간관계의 의욕이
상실되었을 때

인간관계는 현대 사회에서 꼭 필요한 일이라고 모두가 말합니다.

그러나 의외로 많은 사람들이 인간관계의 부조화로 힘들어합니다. 특히 가족 구성원의 수가 많지 않고 공동체 생활에 익숙하지 않은 요즘은 인간관계로 힘들어하는 사람들을 더욱 많이 봅니다.

힘들 때마다 우리는 적당히 쉬어가야 합니다. 나만의 스트레스 해소법도 계발해야 합니다. 사람 관계를 또 다른 사람 관계로 풀려고 하면 항상 제자리일 수밖에 없고 진실한 친구를 갖기도 힘듭니다. 잠시 그 상황에서 물러나와 홀로 대면할 수 있는 시간과 공간을 가지시기 바랍니다.

사무엘 루크 필즈
Samuel Luke Fildes

한가로운 시간
Hours of Idleness

1876 | 캔버스에 유화 | 60.9 × 40.6cm | 개인 소장품

내 인생에 먼저
'좋아요'를 눌러주세요

요즘 카카오톡이나 페이스북 등 소셜네트워크서비스(SNS)를 이용하는 사람들이 많습니다. 그러나 SNS 속 사람들을 바라보면 은근히 부럽다 못해 우울해지기도 합니다. 일상의 평범한 내용보다는 맛있는 음식, 특별한 장소 등을 많이 올리다 보니 평범한 일상에 나 자신이 초라해지는 경우가 많습니다.

하나의 관심거리가 생기면 사람들의 관심이 온통 그곳에 쏠리기도 하고, '좋아요' 숫자나 조회수가 비교되기도 합니다. 바로 인기라는 것이지요. 급기야 SNS 속 사람들은 모두 행복해 보이고 나만 불행해 보입니다.

그러나 제삼자의 입장에서 보면 차이는 나더라도 모두 나름대로의 고민이 있고, 자세히 들여다보면 살아가는 모습은 모두 같습니다. 너무 부러워할 필요가 없습니다.

아서 존 엘슬리
Arthur John Elsley

인형극
The Punch and Judy Show
1912 │ 캔버스에 유화 │ 112 × 169cm │ 개인 소장품

습관적으로 SNS를 들여다보는 나에게 어떤 규칙을 정해볼까요?

이를테면 'SNS 휴식의 날'을 정해보는 것입니다.

이 날만큼은 휴대전화 속 다른 사람들의 인생을 들여다보지 않고

내 인생에 더 집중하는 것이죠.

처음 시작은 'SNS 휴식의 시간' 정도로 짧게 정해서

시작하는 것도 부담이 덜 될 것 같습니다.

트위터는 인생의 낭비다.
인생에는 더 많은 것들을 할 수 있다.
차라리 독서를 하기를 바란다.

알렉스 퍼거슨 Alex Ferguson

영혼을 괴롭히는
남 이야기는 이제 그만

한 여인이 중앙에 있습니다. 각자 즐겁게 시간을 보내는 것 같지만 이 여인의 등장에 모두가 주목하고 있는 듯합니다. 문을 열고 몰래 보는 사람들뿐만 아니라 대부분의 사람들의 시선이 이 여인에게 향해 있음을 알 수 있습니다.

뒷담화는 재미있을 수 있습니다. 그러나 뒷담화를 다 마치고 돌아서면 그 모임이 전혀 생산성 없이 끝났다는 후회가 들고 때론 죄책감이 들기도 합니다. 또한 뒷담화가 돌고 돌아 누군가에 의해 본인에게 들려오면 참으로 마음이 괴로운 것을 알 수 있습니다. 우리는 뒷담화로 상처를 주지도 말아야겠지만 상처를 받지도 말아야겠습니다. 내 뒤에서, 때론 내가 믿었던 사람들에게서 뒷담화를 듣고 나면 배신감이 들면서 마음이 너무나 괴롭습니다. 뒷담화는 재미로 시작했을 수는 있겠지만 결국 본인의 영혼을 괴롭히는 일입니다.

제임스 티소
James Tissot

너무 이른
Too-Early

1873 | 캔버스에 유화 | 71 × 102cm | 길드홀 아트 갤러리

바라보기만 했던
친구와 가까워지기

친하게 지내고 싶은 사람들이 있습니다. 속마음은 더 친하게 지내고 싶은데 쉽게 다가서기 힘든 경우가 많습니다. 그럴 때는 서로와 함께할 수 있는 것을 찾아보시기 바랍니다. 이 그림 속 세 친구는 피아노를 치고 노래를 부르면서 함께하고 있습니다. 아름다운 피아노 선율에 맞춰 서로 노래를 부르다 보면 마음이 편안해지고 소통이 될 것 같습니다.

사실 적극적으로 다가가서 이야기하고, 함께하는 시간을 늘려가면서 필요한 부분에 도움을 준다면 싫어할 친구가 어디 있을까요?

실베스트로 레가
Silvestro Lega

포크송
The Folk Song
1867 | 캔버스에 유화 | 158 × 98cm | 이탈리아 피티 궁전

환절기의 시린 마음에
친구라는 솜이불을

환절기가 되면 왠지 우울해집니다. 의료계에서는 일조량이 적어지기 때문이라고도 합니다. 어찌 되었든 아침저녁으로 기온의 차이가 발생하는 환절기가 되면 누구나 우울감과 감정의 변화가 있습니다.

이럴 때 신체적 기온차를 극복하기 위해서만 노력할 게 아니라 우리의 마음에도 솜이불을 덮어주어야 합니다. 마음의 감기를 예방하려면 따스함이 중요합니다. 여력이 있다면 나뿐만 아니라 곁을 지켜주는 사람에게도 솜이불을 덮어주면 좋을 것입니다.

루이스 마리 드 쉬르베
Louis Marie de Schryver

파리 오페라 거리의 꽃 파는 사람
Flower Seller Avenue De L'Oper

1891 | 캔버스에 유화 | 54.6 × 71.7cm | 개인 소장품

솜이불 같이 좋은 친구들을 하나씩 기억하면서

간단한 편지를 한번 써 보시겠어요?

우정은 날개 없는 사랑이다.
바이런 Baron Byron

평생을 공유할 소중한 사람,
친구

나를 알아줄 한 사람만 있어도 세상을 살아가는 게 한결 수월할 것입니다. 평생을 나와 함께할 수 있는 친구가 한 사람이라도 있다면 그 인생은 얼마나 행복할까요?

그림의 두 여인은 친구입니다. 작업을 하는 친구에게 다가온 친구가 편지를 가져와 함께 보면서 기쁨을 공유하고 있습니다. 공유라는 것이 적용되려면 먼저 공감할 줄 알아야 합니다.

나를 공감해줄 수 있는 친구. 내가 어떠한 상황에 부닥치든 간에 공감하고 이해해줄 수 있는 친구. 이런 친구가 여러분은 있으신가요?

칼 강팡리데
Karl Gampenrieder

재미있는 편지
The Amusing Letter

1886 | 캔버스에 유화 | 91.5 × 111.2cm | 개인 소장품

좋아하는 사람들과의
맛있는 한 끼

때로는 식사를 즐기기보다는, 바쁘다는 이유로 급히 김밥 한 줄 먹는 식의 끼니 때우기 바빴던 날이 많이 있습니다. 그러나 근래에 마음의 여유를 찾고 보니 좋은 이들과 함께 식사를 하고 차를 마시는 것이 얼마나 좋은 일인지를 알게 되었습니다. 여유 있는 식사 자리에서는 음식도 눈에 들어오고 맛도 들어오고, 좋은 이들의 마음이 전달되면서 행복하다는 느낌을 갖게 됩니다.

바쁜 일상 가운데서도 가끔씩은 꼭 시간을 내어 사랑하는 이들과 여유 있는 시간을 갖기 바랍니다.

존 슬로안
John Sloan

렝가네시의 토요일 밤
Renganeschi's Saturday Night

1912 | 캔버스에 유화 | 66.7 × 81.3cm | 델라웨어 미술관

친구와 함께하는 편안한 식탁을 상상해보세요.
어떤 메뉴를 준비하고 싶으신가요?
아니면 친구와 가고 싶은 식당이 있으신지요?
생각의 힘은 강렬해서 좋은 시간을 생각하는 것만으로도
기분이 훨씬 나아질 수 있습니다.
지금 당장 친구와 함께할 시간이 부족하다면
머릿속에 친구와 함께하는 식탁, 디저트와 차가 준비되어 있는
티 테이블을 상상해보세요.
자신도 모르게 입가에 미소가 지어지는 걸 발견하게 될 거예요.

우리들은 감탄과 희망으로 산다.

윌리엄 워즈워스 William Wordsworth

비교하는 마음
다스리기

우리를 불행하게 만드는 것 중 하나가 '비교'일 텐데요. 안 그러려고 해도 자꾸만 남과 자신을 비교하는 사람들은 자존감이 낮은 사람이라고 합니다. 우리 사회는 어릴 때부터 같은 잣대를 대고 비교합니다. 각자의 특징과 장점이 있는데도 보통의 잣대를 들이밀어 열등감과 우월감을 갖게 합니다.

쉬운 예로 '엄친아'라는 말이 있습니다. 그 기준이 무엇입니까? 주로 공부나 외모와 관련된 것 아닌가요? 같은 기준으로 바라보면 고만고만한 사람들로 키워지기 마련입니다.

이제 우리 사회도 개개인의 장점과 특징을 알아봐주고, 칭찬과 격려로 키워나가야 할 때입니다. 이렇게 할 때 우리는 남과 비교하는 것이 아니라 자신만의 자존감이 높은 사람이 될 수 있습니다.

레오폴드 뮐러
Leopold Carl Muller

스핑크스의 얼굴
Face of a Sphinx

연도 미상 | 캔버스에 유화 | 66.5 × 40cm | 벨베데레 궁전

잠시 쉬어갈 수 있는
즐거움

한 여성이 일을 하고 있습니다. 한창 일을 하고 있습니다. 그림의 시대적 배경을 짐작해봤을 때 청소기로 하는 것도 아니고 빨래를 해주는 세탁기가 있는 것도 아닐 것입니다. 열심히 일을 하다 보면 땀이 나고 힘이 들기 시작합니다. 짜증도 나기 시작합니다. 이럴 때 이 여성 앞에 딸이 나타났습니다.

딸 옆에는 크고 예쁜 개도 함께 나타났습니다. 딸의 애교스런 모습 곁에 개는 보조를 맞추어서 표정을 지어줍니다. 일하던 여성은 기분이 좋아집니다. 웃음을 띠기 시작합니다.

우리는 휴식이 필요할 때 잠시 쉬어갈 수 있는 즐거움을 찾을 필요가 있습니다. 그래야 다음 일들이 즐거워지게 됩니다.

아서 존 엘슬리
Arthur John Elsley

목욕 전에
Before the Bath
1900 | 캔버스에 유화 | 88 × 67cm | 개인 소장품

너와 나를 가로막는
마음의 울타리

바닷가입니다. 안개가 낀 바다는 명확하지 않고 뿌연 상태입니다.

우리의 마음에도 종종 이렇게 뿌연 안개처럼 상대와의 사이를 가로막는 울타리를 느낄 수 있습니다. 뭐라 말할 수 없는 묘하고도 뿌연 마음의 벽이 생긴 경우입니다. 말로 설명할 수 없는 상황들이 쌓이고 쌓여 마음의 장벽으로 몰고 가는 것이지요.

이럴 때의 방법은 배를 가지고 무작정 이 상황에 나가는 것이 아니라 안개가 걷히기를 잠시 기다리는 것입니다. 해가 뜰 때까지 조금은 기다려보는 것이 중요합니다. 성급한 시도는 더 위험할 수 있겠지요?

카스파르 다비드 프리드리히
Caspar David Friedrich

안개
Seashore in the Mist

1807 | 캔버스에 유화 | 34.2 × 50.2cm | 빈 미술사 박물관

말이 입힌 상처는 칼이 입힌 상처보다 깊다.

모르코 속담

평생의 친구를
남긴다는 것

여러분에게는 평생 친구라 여겨지는 이가 있으신가요? 많은 사람들은 평생 친구로 남편을 꼽습니다. 그러나 성별과 노소를 떠나 내가 언제나 연락하고 함께할 수 있는 친구를 둔다는 것은 참으로 큰 복입니다.

그러나 그런 친구는 앉아서 기다린다고 무조건 만날 수 있는 것이 아닙니다. 서로가 관심을 갖고 이해해줄 때 평생의 친구가 되는 것입니다. 내가 힘들 때 아무 말 없이 받아줄 수 있는 사람, 그러나 무엇보다 중요한 것은 나 역시 그런 사람이 되어야 한다는 것이겠지요. 그래야 서로에게 좋은 평생의 친구로 남을 것입니다.

비토리오 마테오 코르코스
Vittorio Matteo Corcos

바다를 바라보며
Looking out to Sea

1859~1933 | 캔버스에 유화 | 64.4 × 46.7cm | 개인 소장품

세상 하나뿐인 유일무이한 그 이름,
'엄마'

"엄마!" 저는 이 한 마디에 목이 메어옵니다.

우리가 엄마의 사랑을 느끼며 사는 일은 많지 않습니다. 오히려 당연히 여기거나 잔소리쯤으로 듣거나 기대에 부응하지 못해 부담스러워 합니다.

여러분의 엄마는 어떤 분이신가요? 여러분은 어떤 엄마, 어떤 부모가 되고 싶으신가요?

엄마와 함께했던 시간들을 잠시 추억하면서 '엄마에게 어떤 일을 해드릴까' '어떤 것이 엄마의 마음을 편하게 해드리는 걸까' 생각해보는 시간을 가지면 좋겠습니다.

알렉산더 에버린
Alexander Averin

산책
Walk #3
1954~ | 캔버스에 유화 | 60 × 90cm | 개인 소장품

나를 가장 많이 알고 있기에 또 그만큼 잔소리도 가장 많은 사람, 어머니. 보통 어머니는 너무나 가까운 존재이기에 너무 사랑하면서도 서로 상처 주는 말이나 잔소리를 가장 많이 하게 됩니다.

어머니 입장에서 생각해보면 자신의 손길이 닿지 않으면 먹는 것도, 입는 것도 힘들던 아이가 어느덧 장성한 어른이 되었을 때의 허전함도 들 수 있겠지요.

오늘은 오직 어머니와 나만의 작은 커플 아이템을 사보면 어떨까 합니다. 작은 것일지라도 똑같이 생긴 물건을 나눠보는 것이죠.

키스해주는 어머니도 있고 꾸중하는 어머니도 있지만 사랑하기는 마찬가지다.

펄 벅 Pearl Buck

때로는 남보다 더 나를
힘들게 하는 가족

가족은 언제나 내 편이 되어주는 유일한 존재이지만, 한편으로는 서로를 너무나 잘 알고 있기에 큰 상처를 입히기도 합니다. 가족이기에 완전히 무시하고 등 돌리기에는 너무나 마음이 불편합니다. 그러나 오직 가족이라는 이유로 힘겨운 짐을 홀로 떠안고 살아가야 한다면 너무 부당할 것입니다.

아무리 가족이라도 마음의 짐이나, 외적인 짐은 함께 나눠질 수 있도록 해야 합니다. 한 사람에게만 과하게 그 짐을 지게 해서는 안 됩니다. 싫다는 표현을 안 하니까, 맏이니까, 경제적으로 여유가 있으니까, 하는 식으로 한쪽으로만 몰아가서는 안 됩니다. 가족에 대한 상처는 또 다른 가족에게 상처를 주는 일이 되기 때문입니다. 양해를 구하는 태도나 속마음을 털어놓으며 소통하는 시간들이 꼭 있어야 합니다.

요셉 폴치
Joseph Folch

프랜 웨이스와 그녀의 딸 리사, 린
Fran Weiss and her Daughters Lisa and Lene

1923 | 캔버스에 유화 | 122.4 × 98cm | 벨베데레 궁전

잃어버린 관계에
대하여

여기 두 여인이 있습니다. 앉아있는 여인의 모습에는 상실감이 있습니다. 옷도 검은색으로 입고 있고, 중앙에 붉은색 우산은 뒤집어져 있습니다. 이 여인은 연인과 이별을 하고 온 듯합니다.

사람 관계의 상실감은 마음에 큰 충격을 줍니다. 얼굴이 명확히 표현된 것은 아니지만 우리는 얼마든지 그녀의 얼굴에서 상실의 분위기를 읽을 수 있습니다. 오른손에는 흰 손수건도 보입니다.

사람 관계에서 상실감을 가질 경우 충분한 시간이 필요합니다. 그리고 엎드려 있는 여인처럼 지켜봐주는 주변 사람도 필요합니다.

한스 앤더스 브렌데킬드
Hans Andersen Brendekilde

길에서 쉬는 두 소녀
Two Girls Resting on a Path

1884 | 캔버스에 유화 | 47 × 63.5cm | 개인 소장품

나만 더 많이 일하고 있다고
생각되는 순간

그림 속 소녀의 마음이 들리는 듯합니다. 왜 나만 일을 해야 할까요? 창밖은 햇살이 밝고 사람들의 활기찬 소리도 들립니다.

또래의 친구들은 멋지게 차려입고 파티도 가는데, 왜 나는 이 시간에도 혼자서 일들을 처리해야 하는 걸까요? 내가 아니면 안 되는 걸까요?

일이 너무 많을 때면 저도 이렇게 몸부림칠 때가 있습니다.

그러나 시간이 지나고 나니 이런 시간들은 남들이 못하는 나만의 일을 만드는 귀한 시간들이었습니다. 이 시간들이 지나고 나니 노련함과 관록이라는 말들이 붙어 다니게 되더군요. 힘겨웠던 시간은 결국 자기와의 싸움이라는 시간이었던 것이지요.

안나 앵커
Anna Ancher

부엌에 있는 여인
Girl in the Kitchen

1883~1886 | 캔버스에 유화 | 87.7 × 68.5cm | 코펜하겐 히르슈슈프룽 컬렉션

그림에 조금 더 집중해보세요. 창문으로 노오란 빛이 들어오고 있습니다. 모든 일을 마치고 후련한 마음으로 창문을 열고 빛을 가득 받을 날을 위해 조금만 참고, 우리 일해요.

일은 인간생활의 피할 수 없는 조건이며
인간 복지의 참된 근원이다.

톨스토이 Lev Nikolayevich Tolstoy

부모님의 어깨를
안아주세요

우리의 부모님들이 외부로부터 스트레스를 잔뜩 받고 집에 돌아왔을 때 하루의 피로를 풀어준 것은 무엇이었을까요? 아마도 아기였던 여러분이 쌔근쌔근 잠든 모습이었을 것입니다.

때론 힘들어서 맥없이 앉아있을 수밖에 없을 때라도 "엄마 힘들어? 내가 안마해 줄까?" 하며 재롱을 부리는 어린 여러분의 위로 한 마디가 눈물 나게 만들기도 했을 것입니다.

부모가 되어 아이들을 키워보니 아이들의 말과 행동이 살아갈 의지를 주고 스트레스를 완화시켜주는 것을 경험했습니다.

이제는 여러분의 부모님과 대화를 많이 해보세요. 부모님도 외로울 수 있습니다. 여러분의 부모님 역시 처음부터 엄마, 아빠로 태어난 것은 아니니까 말이에요.

윌리엄 아돌프 부게로
William Adolphe Bouguereau

엄마와 아이들
Mother and Children

1879 | 캔버스에 유화 | 164 × 107cm | 클리블랜드 미술관

불안한 마음, 자꾸 걱정이 깃드는 마음을 차분하게 만들어주는 데에는 그림만 한 것이 없습니다. 지금 손에 들고 있는 이 책을 쭉 훑어보면서 자꾸 눈길이 가고, 기억에 남는 그림 세 점을 골라 표시해보세요. 유명한 큐레이터나 콜렉터가 되었다고 상상하면서 골라보아도 좋을 것 같습니다. 책에 나온 그림 중 마음에 드는 그림을 그린 화가의 다른 그림들을 찾아보며 그림 읽는 맛을 늘려가는 것도 또 하나의 재미겠죠.

평화롭고 아름다운 광경의 추억은 당신의 마음에 치료약으로 작용한다.

노먼 빈센트 필 Norman Vincent Peale

마음의 창문을 열어
새로운 기분을 느껴보세요

이 그림은 화가 클림트의 작품입니다.

클림트가 워낙 화려한 그림들로 유명한 터라 이런 그림은 생소하게 느끼는 분들이 많습니다.

클림트는 여성 중심의 인물화도 많이 그렸지만 내면을 감동시키는 잔잔한 자연풍경도 많이 그렸습니다. 클림트는 가족사로 인해 마음의 상처가 많은 화가였기 때문에 아름다운 자연물을 통해 자신의 내면을 순화시키고 환기시키지 않았나 하는 생각이 듭니다.

그림 속 숲과 잔잔한 호수를 보고 있노라면 일상의 복잡한 삶에서 잠시 벗어나 환기를 시켜주는 듯한 기분이 듭니다. 복잡하고 힘든 일이 잘 풀리지 않아 답답한 상황이라면 그림을 통해 잠시 우리의 마음을 환기시켜주면 어떨까요?

구스타프 클림트
Gustav Klimt

늪
The Swamp

1900 | 캔버스에 유화 | 80 × 80cm | 개인 소장품

창문을 열고 환기를 시키면 신선한 공기가 새로 들어옵니다.

복잡한 마음에도 환기가 필요합니다.

환기는 보다 가볍게 받아들이고

새롭게 시작할 에너지를 얻는 순간이 되어주지요.

오늘은 향기가 있는 물건을 하나 구입해보세요.

작은 향수도 좋고, 비누나 향초, 좋아하는 향의 핸드크림도 좋습니다.

다양한 향기를 일일이 맡아보고

그중에서 가장 손길이 가는 향을 고르는 것만으로도

마음의 창문을 활짝 열어 새로운 공기를 만나는 기분이 들 거예요.

나는 특별한 게 전혀 없는 사람이다.
나는 화가이고, 매일 아침부터 저녁까지 그림을 그릴 뿐이다.
구스타프 클림트 Gustav Klimt

회사 가기 싫어서
잠 못 이루는 밤

긴장하고 있으면 깊은 잠을 잘 수 없을 뿐만 아니라 시간이 잘 가지 않는 것같이
느껴집니다.

얕은 잠을 자다 보면 다시 일어나게 됩니다. 이 여성은 다음 날의 긴장감으로 깊
은 수면을 이루지 못하고 있는 것 같군요. 이목구비가 정확하게 표현되지 않았
지만 몹시 피곤해 보이고 힘들어 보입니다.

잠 못 이루는 밤이라면, 다음날을 잠시 잊을 수 있도록 긴 호흡과 차분한 마음을
가져보세요.

일단 내 건강을 위해 잠을 잘 자야 하는 것이 우선임을 잊지 마세요.

피터 일스테드
Peter Ilsted

침실에서
In The Bedroom

1901 | 캔버스에 유화 | 46.5 × 38.7cm | 개인 소장품

반복되는 일상을
버티는 법

반복되는 일은 어쩌면 우리가 가장 익숙하게 잘하는 일입니다. 그러나 계속 반복되는 일은 금세 지루해지고 일의 성취도, 흥미도가 떨어지다 보니 의욕이 없어지기도 합니다.

그림의 여성은 붉은색 옷을 입고 있습니다. 옷의 붉은 색상만 보아도 이 여인은 열정적인 성격을 가지고 일에 충실했다는 것을 짐작할 수 있습니다. 바닷가를 가서 며칠 쉬고 싶겠지만 그럴 수도 없는 상황입니다. 결국 그녀는 인근 물놀이 장소를 선택했습니다. 옷도 일상복 그대로 입고 와서 잠시 휴식을 취합니다. 반복되는 일상의 무료함을 벗어나기 위해서는 가까이서 할 수 있는 방법들을 선택해나가야 합니다. 잠시라도 쉴 수 있는 것, 이 작은 쉼이 일상의 지루함을 버티는 힘이 됩니다.

존 라베리
John Lavery
수영장 옆에서 책을 읽는 빨간 드레스의 소녀
Girl in a Red Dress Reading by a Swimming pool
1936 | 캔버스에 유화 | 60.1 × 50.8cm | 개인 소장품

나의 일을 사랑하며
나아간다

일에 대한 회의감으로 고민하는 이들에게 저는 일을 끊는 것이 아니라 속도를 조금 줄인다는 마음가짐을 가지라고 말합니다. 회사 동료에게 도움도 받고 힘든 일은 조금 여유를 두고 일하겠다는 양해도 구해보는 것입니다. 일의 속도를 여유 있게 가져간다면 일에 지친 이들도, 그를 바라보는 주변 사람들도 조금은 숨통이 트입니다.

이렇게 하면 나중에도 일을 더 길게까지 할 수 있고 지치지 않게 됩니다. 그러나 무엇보다 먼저 갖춰야 할 것은 나의 일을 사랑하는 마음입니다. 이 마음을 항상 가지고 있어야 꾸준히 일해나가는 것이 가능해집니다.

159

존 화이트 알렉산더
John White Alexander

첼리스트
The Cellist
1898 | 캔버스에 유화 | 121.92 × 88.27cm | 개인 소장품

그 어떤 일도 하찮은 일은 없습니다.
그리고 끝까지, 즐기며 해내는 사람을 이길 사람도 없지요.
나의 일을 사랑하기 위해 더 노력할 부분이나 전문성은 무엇일까요?

_____

_____

_____

_____

_____

_____

_____

_____

내 결심은 조금도 흔들림이 없다.
나는 내 시를 나만의 방법으로 마지막까지 최선을 다해 써나갈 것이다.

월트 휘트먼 Walt Whitman

그럼에도,
함께한다는 것의 가치

많은 사람들이 파티를 하고 있습니다. 서로 다른 얼굴에 서로 다른 옷을 입은 이들의 성격은 아마 제각각일 것입니다. 그러나 그림 속 분위기를 봐서는 어느 누구의 주장이나 특별함이 부각되지 않아 보입니다. 그저 함께하는 파티에 모두가 녹아들고 있습니다.

우리에게는 많은 공동체가 있습니다. 그 공동체마다의 특징이 있고 독특함도 존재합니다. 공동체 속에서 서로의 개성이 부딪치기도 하고 울고 웃기도 합니다. 그럼에도 함께할 수 있는 건 함께한다는 것의 가치가 유효하기 때문입니다.

대인관계는 평생 어렵습니다. 그렇지만 함께한다는 마음은 서로에게 소중한 마음의 전류가 되어 흐를 것입니다.

오귀스트 르누아르
Pierre Auguste Renoir

물랭 드 라 갈레트의 무도회
Dance at le Moulin de la Galette

1876 | 캔버스에 유화 | 131 × 175cm | 오르세 미술관

함께할수록 힘든 부분이 많은 주변 사람들.

그럼에도 '이 사람과는 평생을 함께하고 싶다'고 생각하는

이들을 적어보세요.

오직 다른 누군가를 위해 산 인생만이 가치 있는 것이다.

알버트 아인슈타인 Albert Einstein

3
'내 안의 나'와
둥글게 살아가기

나를
돌아보는 시간

이 여인은 몸이 참 아름답습니다. 그리고 당당해 보입니다. 그렇지만 오만해 보이지는 않습니다. 몸은 측면을 향해 있지만 얼굴은 정면을 직시하고 있습니다.
 자세히 보니 외모뿐만 아니라 내면의 감정도 잘 조절하고 있고, 적절하게 나의 몸과 마음을 함께 돌아보는 시간을 갖고 있다는 느낌을 줍니다. 아무리 바쁘고 힘들어도, 아니면 지금 기회를 기다리며 좋아하는 것을 미루고 참고 있는 준비 기간일지라도 나를 돌아보는 시간은 중요합니다. 나를 위한 시간 없이는 금방 지치게 되니까요.

———

쥘 조제프 르페브르
Jules Joseph Lefebvre

이름 없는 들꽃
Half Length Demi Nude

1880 | 캔버스에 유화 | 크기 미상 | 개인 소장품

———

'나를 힘들게 하는 나'에게서
벗어나기

나를 힘들게 하는 것이 때로는 나 자신이라는 걸 알고 있나요?

나의 성격, 나의 판단력 부족, 실력 부족 등등 나의 못난 부분은 누구보다 내가 제일 잘 알고 있습니다. 그렇기에 나에게 관대하지 못하고 내 자신이 싫어서 힘든 경우가 많았을 것입니다.

이 그림을 보세요. 자기 문제에 갇혀 있는 것이 아니라 확 트인 공간으로 나오고 있습니다. 환경을 바꾸고 속도를 냅니다. 나를 객관화시키고 괜찮다고 위로합니다. 새로운 분위기를 맞아들이는 것이지요. 나를 힘들게 하는 나에게서 벗어나기 위해서는 그 자리에서 일어나 도전해야 합니다.

유리 프리메노프
Yuri Pimenov

새로운 모스크바
New Moscow

1937 | 캔버스에 유화 | 140 × 170cm | 모스크바 트레차코프 국립박물관

마음이
삐걱거리는 날

이 그림은 짓궂은 아이들이 손을 맞잡고 들판으로 달려 나가는 모습처럼 보입니다. 중앙을 선봉으로 하여 달려 나가는데 다소 손발이 맞지 않는 모습입니다. 어떤 아이는 속도를 맞추지 못해 손을 놓치고 넘어지는 모습, 몇몇은 달려 나가기 싫은지 온몸으로 아이들을 막고 있습니다.

이 아이들은 무얼 하려 했던 것일까요? 달려 나가기 전 서로 충분한 상의가 이루어지지 않은 것 같습니다. 맑은 날씨와 주변 풍경에 비해 손을 맞잡고는 있지만 각자의 생각대로만 움직이는 아이들의 모습입니다. 마치 삐걱거리는 내 마음을 대변하는 것 같습니다. 잘하고 싶으나 내 마음처럼 되지 않는 일, 그런 마음들이 한 곳에 모여 이 그림과 같은 장면을 만들어내지 않을까요?

나의 마음이 나란히 손을 맞잡고 잘 걸어갈 수 있도록 나를 다독이고 관찰하는

원슬로 호머
Winslow Homer

스냅 더 휩
Snap the Wihp

1872 | 캔버스에 유화 | 56 × 91.5cm | 버틀러 미국회화 미술관

시간들을 충분히 활용하세요. 마음의 권태기를 벗어나는 계기는 생각보다 사소한 감정 변화에서 시작될 수 있습니다. 권태감을 벗어나려는 조급한 마음보다는 쉼을 즐기고 다시 일상으로 돌아오겠다는 마음을 갖다 보면 자연스럽게 긍정적인 상황으로 바뀔 것입니다.

고민으로 가득 찬 마음을
비워내기

뜨개질을 해본 적이 있으신가요? 뜨개질은 한 줄기 실이 서로 엮여 모자, 조끼, 장갑 등 새로운 의류로 다시 태어나는 과정입니다. 그러나 막상 뜨개질을 하다 보면 실을 관리하기란 무척 어렵습니다. 누군가 툭 쳐서 실이 얽혀버린다든가, 나도 모르는 사이에 바닥에까지 풀려버리기도 하지요. 그럴 때는 꼭 처음부터 실타래를 감는 과정을 거쳐야 합니다. 팔이 아파올 만큼의 시간을 들여 실타래를 다 감으면 실타래가 전보다 더 동글동글하고 단단하게 바뀝니다. 평온해 보이는 그림 속 여인들도 무언가 생각에 잠긴 듯 실타래를 정성스럽게 다시 감고 있습니다. 그림처럼 우리도 매번 풀려버린 실을 다시 감으며 살아가는 건 아닐까요?

화가 프레더릭 레이턴은 당대 고전주의 화풍의 대가였음에도 근면성실하게 작품 활동을 했습니다. 어려서부터 공부를 게을리 하지 않고 다작을 했을 뿐 아니

프레더릭 레이턴
Frederick Leighton

실타래 감기
Winding the Skein

1878경 | 캔버스에 유화 | 100.3 × 161.3cm | 시드니 뉴사우스웨일스 주립미술관

라 난청 때문에 건강이 나빠졌을 때에도 붓을 놓지 않고 그림으로 세상과 소통했습니다.

그가 그린 이 그림은 두 여인의 행위를 통해 자신의 마음 혹은 우리의 인생사를 묘사하는 것 같습니다. 그림 속 여인들은 꽤 많은 실을 감은 것처럼 보입니다. 담담한 눈빛과 차분한 손동작으로 이 일을 감내하는 모습이 인상적입니다. 시원하면서도 정적인 야외 배경도 묘한 그녀들의 표정과 잘 어울립니다. 역동적인 그림은 아니지만 그림 속 요소들을 살펴볼수록 잔잔한 바람과 선선한 날씨가 느껴져 보는 이의 마음을 편안하게 합니다.

이제 가만히 자신을 감싼 고민의 실타래를 들여다보세요. 실이 자신을 감싸고 있어도 답답해하지 않는 그림 속 왼쪽 여인의 우아한 모습처럼 말이죠.

조용한 물이 깊이 흐른다.

존 릴리John Lyly

매일의 작은 고난을
극복하게 해줄 그림

나 자신과의 싸움에서 이겨나가려면 자신의 의지를 최대한 사용해야 합니다.

아주 오래전 남해를 여행한 적이 있었습니다. 이 그림에서처럼 우리를 태운 배가 바다 위 동굴로 들어가는 순간이었습니다. 물결이 심하게 치고 동굴로 들어가는 입구는 깜깜해 순간 두려움도 느꼈습니다.

그러나 그 순간이 지나고 동굴을 지나니 더욱 아름다운 자연의 조화와 쏟아지는 햇빛이 찬란하게 느껴졌습니다.

나 자신과의 싸움은 참으로 고된 일입니다. 그러나 그 고된 일들이 지나고 나면 그 성취감은 뭐라 표현할 수 없을 정도의 큰 기쁨으로 다가옵니다.

어린아이에게 실험했던 마시멜로 실험이라는 것이 있습니다. 눈앞에 마시멜로를 두고 먹지 않도록 하여 아이의 의지를 실험한 것인데 15분 이상을 참은 의지

조세프 레벨
Josef Rebell

미제노 곶 근처의 폭풍
Sea Storm near the Arco di Miseno

1819 | 캔버스에 유화 | 99 × 137cm | 벨베데레 궁전

가 강한 아이들은 훗날 업무 성취도가 높고 더 높은 사회적 성공을 이뤘다고 합니다.

자신과의 싸움은 힘들지만 이것도 면밀히 들여다보면 작은 훈련들이 반복되고 쌓여 결과를 만드는 과정입니다. 배가 흔들리고 풍랑이 치지만 나의 마음을 다잡고 지금 하고 있는 나 자신과의 싸움을 잘 이겨내시기를 바랍니다.

좀처럼
희망을 꿈꿀 수 없을 때

살면서 좀처럼 희망을 꿈꿀 수 없을 때가 종종 있습니다.

아무리 열심히 시험 준비를 했더라도 원하는 학교나 직장에 들어갈 수 없는 경우도 있고, 때론 의지만으로는 이룰 수 없는 결혼이나 임신 앞에서 괴로울 수도 있습니다.

나의 노력이 좀처럼 결실을 맺을 수 없을 때 우리는 허탈감과 자기 자신에 대한 힘겨움을 느낍니다. 더 나아가 분노까지 나타나는 것을 볼 수 있습니다.

옆의 소년의 모습을 보세요. 많이 힘들고 지친 듯합니다. 찢어진 옷의 상태를 봤을 땐 의식주조차 불안한 상황처럼 보입니다. 이 소년은 모든 시름을 잊고 깊은 잠에 빠져 있습니다. 노란 풀 더미는 따뜻함을 느끼게 합니다. 옆에는 친한 개가 함께 있습니다. 서로 의지를 하고 있는 모습이 참 정겹게 보입니다. 소년은 개를

브리튼 리비에르
Briton Riviere

단 하나의 친구
His Only Friend

1871 | 캔버스에 유화 | 69.4 × 95.1cm | 맨체스터 미술관

두 손으로 안고 있습니다. 세상을 살면서 낙담이 되고 좀처럼 나아지는 기미가 없을 때 우리는 이 소년처럼 잠시 쉬면서 깊은 잠이라는 숨 고르기를 해야 합니다. 옆에 나를 이해해주는 이와 함께라면 더욱 좋겠죠.

삶이 있는 한 희망은 있다.

키케로 Marcus Tullius Cicero

처음의 기억을 안고
천천히 가는 삶

실수도 많았고 아픔도 있었던 '처음'의 기억. 우리는 처음의 기억이 때론 힘겨울지라도 시간이 흐르면 아름다움으로 남을 것을 잘 알고 있습니다. 여기서의 '처음'은 초심이 될 수도 있고 가장 기본적인 나의 모습이 되기도 합니다. 처음의 순수한 마음으로 좋은 기억, 예쁜 기억을 안고 천천히 살아가는 삶은 결코 나쁘지 않아 보입니다.

그림 속 바다의 파란빛이 깨끗함을 보여줍니다. 바닷가의 불빛이 여인을 아름답게 비춰주고 있습니다.

천천히 아름답게 살아간다는 것은 우리의 삶이 더 여유로워질 수 있도록 불빛 같은 잔잔한 에너지를 건네줄 것입니다.

페더 세버린 크뢰이어
Peder Severin Kroyer

하얀 옷을 입은 해변의 여인
Woman in White on a Beach

1893 | 캔버스에 유화 | 크기 미상 | 개인 소장품

'스물아홉' '서른'
새삼 나이의 무게가 느껴질 때

우리는 도움을 받을 때 누군가가 우산을 씌워준다고 표현합니다. 또한 누군가를 보호할 위치가 되었을 때에는 우산을 씌워주는 사람을 연상하게 됩니다. 비는 예고하고 오는 경우도 있지만 갑자기 오는 경우도 많습니다.

우산이라는 이 작품을 보세요. 파리에 갑자기 비가 내립니다. 우산을 황급히 펴는 사람이 있습니다. 아직 우산을 쓸 정도가 아닌지 아직 펴지 않는 사람도 보입니다. 파란색의 우산들과 회색빛 하늘, 그리고 갈색 바구니가 더해지면서 전체적인 분위기가 차분함을 보여줍니다. 빗방울이 보이지 않습니다. 비는 내리지만 아무래도 봄비라 그런지 그렇게 거칠지도, 차갑지도 않아 보입니다. 많이 내리지도 않아 보입니다.

맨 앞의 소녀는 우산이 없는 가운데 빈 바구니를 들고 있습니다. 뒤의 남성이 어

오귀스트 르누아르
Pierre Auguste Renoir

우산
The Umbrellas

1886 | 캔버스에 유화 | 180.3 × 114.9cm | 시립 휴레인 미술관

디를 보는지는 정확하지 않지만 짐작컨대 이 소녀에게 눈빛이 향하고 있는 듯합니다. 그 눈빛은 관심입니다. 뒤에 서 있다가 비가 더 오거나 이 소녀가 요청하면 바로 우산을 받쳐줄 것만 같습니다.

내가 힘들 때 우산을 씌워주었던 사람. 후배나 주변 사람이 어려울 때 우산이 되어주는 사람. 스물아홉 살과 서른은 바로 이런 차이겠지요. 그동안은 챙김을 받다가 이제는 조금씩 상대를 챙겨줘야 할 나이, 바로 이 시기이겠죠.

나이가 들수록 해보지 않았던 것들에만
후회한다는 걸 발견하게 될 것이다.

자카리 스콧 Zachary Scott

마음의 화를 다스려줄
한 장의 그림

파란색은 심장 박동을 늦추고 마음에 편안함을 줍니다. 이 여성은 전체적으로 파란색의 옷을 입어서 시원함과 상쾌함을 줍니다. 또한 편안한 복장은 더욱 경계를 풀게 하고 쉬게 합니다. 배경에도 푸른빛의 무늬들이 있습니다. 탁자 위 어항에는 물고기들이 놀고 있습니다.

그리고 속이 들여다보이는 꽃병에 꽃이 꽂혀 있습니다. 전체적으로 맑은 느낌을 줍니다.

화가 날 때 이 그림을 본다면 일단 화가 가라앉을 것 같습니다. 이 여인의 시선을 따라가보세요. 여인과 함께 어항 속 물고기를 바라보면 어느덧 차분해지는 듯합니다. 그림에는 이런 심리적 효과가 있습니다.

로버트 리드
Robert Reid
파란 기모노를 입은 소녀
Girl in Blue Kimono
1911 | 캔버스에 유화 | 76.8 × 64.1cm | 개인 소장품

그만둬버린 마음을
되돌리는 일

아이가 엄마에게 떼를 썼습니다. 밖으로 나가게 해달라고, 담장 위로 올려달라고 말입니다.

엄마는 위험하다고 했지만 아이는 계속 고집을 피웁니다. 결국 엄마는 아이를 번쩍 들어 안아서 담 위에 올려놓습니다. 그제야 아이는 위에서 본 땅이 꽤 멀리 있다는 것을 알았고, 엄마의 품을 떠나면 다칠 수도 있다고 생각했습니다.

우리에게도 이런 마음이 있을 것입니다. 주변의 만류에도 고집 피우고 싶은 것들 말입니다. 물론 본인의 판단이 가장 중요하지만 우리의 멘토나 부모님의 조언을 받으며 안전하게 가는 것도 결코 나쁘지는 않습니다.

윌리엄 아돌프 부게로
William Adolphe Bouguereau

작은 도둑들
Small Marauding

1872 | 캔버스에 유화 | 200.5 × 109cm | 개인 소장품

그만둬버린 일들,
그만두어야 할 일들이 있다면 어떤 일이었는지
잘 정리해서 마무리해보세요.
그리고 이제 새로운 일을 계획해보시겠어요?

인간은 운명의 포로가 아니라
단지 자기 마음의 포로일 뿐이다.
프랭클린 루스벨트 Franklin Roosevelt

자신을 향한
엄격한 잣대 거두기

자신에게 향한 잣대가 너무 엄격해서 괴로워하고 자책하는 사람을 가끔 만납니다. 일반적으로 보기에는 '그럴 수도 있지' 하는 일들이 이분들에게는 용서하기 힘든 일인가 봅니다. 대체적으로 실패를 해본 경험이 많지 않거나 평소에 자기 관리가 지나치게 잘 되어있는 분들에게 이런 경향들이 많이 보이는 것 같습니다. 이런 경우 본인도 괴롭지만 옆에서 지켜보는 이들도 안타깝게 느껴집니다. 어찌 보면 '뭘 저 정도로 그렇게 힘들어 할까' 하고 느껴지는 일들도 있기 때문입니다.

그림에서 보이는 성은 아름답고 웅장합니다. 옆에는 절벽이 보입니다. 이 절벽을 보아서는 도무지 저 성에 있기가 두려워 보입니다. 하지만 아름다운 성보다 절벽을 먼저 보고 성의 아름다움을 잊는 일이 없기를 바랍니다. 절벽의 단면만

프리드리히 루스
Friedrich Loos

잘츠부르크 절벽의 풍경
View from Monchs berg Hill of the Hoheusalzburg Fortress
1826~1935 | 판지에 유화 | 30 × 40.5cm | 벨베데레 궁전

을 바라보며 나의 실수를 극대화하거나 자책하지 않기를 바랍니다.

절벽보다는 성에서의 아름다운 생활을 생각해보는 것도 자책하는 내 마음을 위로하기에 좋을 것입니다.

먼저 핀 꽃은 먼저 진다.
남보다 먼저 공을 세우려고 조급히 서둘 것이 아니다.

《채근담》

조용히 홀로
집중하고 싶을 때를 위한 그림

아이들의 모습은 일단 우리에게 휴식을 줍니다. 공격성도 느껴지지 않고 부담스럽지도 않습니다. 아이도 자기의 긴 머리카락을 계속 땋으면서 시간을 보냅니다. 여유가 있어 보입니다.

긴 머리를 소유한 분들이라면 바쁜 아침 시간이 아닌 때에 머리를 만지고 이런저런 모양으로 만들면서 깊은 생각 없이 지내보는 것도 좋겠습니다. 머리의 길이와는 상관없이 휴식을 선사하는 그림을 보는 것도 좋을 듯합니다.

아이처럼 순수한 마음으로 편안하게 신체의 일부에 집중하는 모습은 휴식을 취하는 데 좋은 그림일 수 있습니다.

알버트 사무엘 앵커
Albert Samuel Anker

머리를 땋는 소녀
Girl Braiding Her Hair

1887 | 판지에 유화 | 70.5 × 54cm | 베른 시립 미술관

편안한 휴식의 시간이라 하면 제일 먼저 떠오르는 곳은 바로 '이불 속'입니다.

가장 게을러질 수 있는 편안한 장소지요.

이불 속에서 실컷 뒹구는 시간을 마련해보세요.

이불 속에 파묻혀 좋아하는 드라마나 영화를 보는 시간,

생각만 해도 온 몸의 긴장이 풀어지는 듯 편안한 기분이 듭니다.

그대 자신의 내면을 읽지 않는 한
휴식에 도움이 될 수 있는 책은 없다.
휴식이란 '하지 않으면 안 된다'가 사라져버린 상태다.
휴식이란 다름 아닌 행위의 부재를 의미한다.

오쇼 라즈니쉬 Rajneesh Chandra Mohan Jain

진정한 나의 목소리를
들어보세요

인생은 연극이라는 말이 있습니다. 우리는 모두 인생이라는 연극 속에서 여러 가지 배역을 맡았을 뿐이라는 것이죠. 그러나 '아무리 배우라고 해도 이런 식의 겹치기 출연은 너무하지 않나' 하는 생각이 듭니다. 나이를 먹을수록 우리는 점점 더 많은 역할을 더 훌륭하게 소화하도록 강요받습니다. 누군가의 자식, 어딘가에 소속된 학생일 뿐이었던 역할은 누군가의 이모, 삼촌, 애인, 배우자, 어느 회사의 무슨 직급, 담당자 등으로 그 영역을 넓혀갑니다. 그리고 이 모든 역할을 완벽하게 소화하기란 결코 쉬운 일이 아닙니다.

우리가 맡은 배역은 점점 다양하고 복잡해질 것입니다. 과열된 경쟁주의도 쉽게 사그라지지 않겠지요. 하지만 그래서 더더욱 우리는 진짜 나의 목소리를 듣고 살아야 합니다. 그래야 더 오래 달릴 수 있고 우리가 진정으로 원하는 모습에 다

제임스 티소
James Tissot

캐틀린 뉴턴의 초상화
Portrait of Kathleen Newton

1880 | 캔버스에 유화 | 59.6 × 45.7cm | 개인 소장품

다룰 수 있을 것이기 때문입니다. 오늘부터는 아주 사소한 것이라도 좋으니 '나만을 위한 시간'을 준비해보는 것은 어떨까요? 오로지 나 자신으로만 존재하는 시간이야말로 지친 마음에 큰 힘이 되어줄 것입니다.

우리가 우리 자신을 돌보는 것을 우선시하지 않으면 우선순위에서 밀려난 '나'는 언젠가 문제를 일으키기 마련입니다. 내가 원하는 것을 유보하지 마세요. 스스로에게 친절을 베푸는 것에 죄책감을 느끼지 마세요. 더 관대해지세요.

눈을 감아라.
그럼 너는 네 자신을 볼 수 있을 것이다.

새뮤얼 버틀러 Samuel Butler

아무것도
하기 싫어지는 순간

아무것도 하기 싫을 때가 있습니다. 그림 속 맨발의 소녀도 아무것도 하지 않고 그냥 멍한 표정으로 배 위에 본인의 몸을 맡긴 채 시간을 보내고 있습니다.

우리에게도 이런 시간이 필요합니다. 이 시간들은 허튼 시간이 아닙니다. 때론 움직이기를 멈추고 가만히 눈을 감거나 누워서 뒹굴거리면서 시간을 보내기도 하지요. 아무 생각도 목적도 없이 산책을 하기도 합니다. 그러나 이런 순간들은 모두 우리에게 더 좋은 생산을 위한 귀한 시간들이 되어줍니다.

걷고 달리던 길을 잠시 멈추고 나만의 시간을 갖는 것이 생산성 없는 시간이 아니라는 점을 기억하면 오히려 이 시간을 즐길 수 있게 될 것입니다.

헨리 베이컨
Henry Bacon
센 강을 따라서
Along the Seine
1879 | 캔버스에 유화 | 49.8 × 65cm | 개인 소장품

인간은 패배했을 때 끝나는 것이 아니다.
포기했을 때 끝나는 것이다.

리처드 닉슨 Richard Nixon

새로운 활력을
불어넣어야 할 때

새로움이란 단어를 생각하면 봄을 뜻하는 '스프링Spring'이란 단어가 떠오릅니다. 말 그대로 용수철처럼 뛰어오른다는 의미도 느껴집니다. 새로움을 느끼기 위해 노력하는 여러분들에게 시작의 느낌을 충만하게 전해주는 새싹과 연둣빛이 가득한 그림을 추천해드립니다.

그림을 살펴보면 벚꽃도 나오고 어린 새끼양도 나옵니다. 들판엔 작은 꽃들도 보입니다. 새로운 활력을 찾기 위해서는 봄날의 움직임처럼 나의 몸도 밖을 향한 움직임이 필요합니다. 자연의 새로운 공기와 몸의 움직임을 느껴보시기 바랍니다.

앙리 마틴
Henri Jean Guillaume Martin

봄의 연인
The Lovers of Spring
1860~1943 | 캔버스에 유화 | 86.2 × 70cm | 개인 소장품

선택의 울타리 앞에
서 있다면

그림 속 소녀와 울타리를 한번 보세요. 무엇이 떠오르나요? 어찌 보면 갑갑하게 느껴질 수 있는 울타리입니다. 하지만 이 울타리에 대해 끝까지 생각하는 것은 무척 중요합니다. 여러분의 울타리는 무엇인지, 왜 울타리 너머를 바라보고 있는지, 울타리 너머에 무엇이 있을지 생각해보세요. 혹은 질문의 시점을 완전히 바꾸어서 여러분의 현재가 어째서 울타리라고 느껴지는지부터 생각해봐도 좋습니다.

울타리 바깥으로 가고 싶은 이유는 아마도 그곳이 더 넓은 세상이기 때문일 겁니다. 울타리 너머에는 내가 원하는 것이 있을 것만 같기 때문이죠. 우리는 자신이 원하는 명확한 장소를 그릴 수 있을 때 비로소 그곳에 다다를 수 있습니다.

에릭 베렌스키올드
Erik Theodor Werenskiold

텔레마크 소녀
Telemark Girl

1888 | 캔버스에 유화 | 80 × 99cm | 개인 소장품

그러니 울타리에 대한 고민이 끝이 보이지 않더라도 포기하지 말고 버텨내주었으면 합니다. 100년도 채 살지 못한 채 지금의 세상을 만든 사람들의 기준이 아닌, 본인 마음의 소리를 들어보세요. 젊다는 것은 바로 이런 것입니다.

목적지로 가는 길은 많은 법이다.

인디언 속담

새로운 것을
알아간다는 기쁨

늘게까지 몰두해서 책을 읽었던 경험, 도서관에서 밤샘 공부를 마치고 새벽녘 공기의 차가움이 뿌듯하게 와 닿는 경험이 있는 분들은 배움이라는 것이 얼마나 귀한가를 알 수 있을 것입니다.

배움의 즐거움을 아는 사람들은 나이와 상관없이 환경을 극복하고 나아갑니다. 그림 속 책을 읽는 소녀를 보면 얼굴에 미소가 보이고 책에 집중하는 것을 볼 수 있습니다. 소녀의 복장과 의자의 베이지 빛은 전체적으로 차분하고 지적인 느낌을 줍니다. 붉은색의 책표지와 여인의 입술은 그림을 보는 이의 시선을 그쪽으로 쏠게 합니다.

배우는 즐거움은 누가 주는 것이 아니고 스스로가 느끼는 과정이 있어야 합니다. 물론 쉬운 일은 아닙니다. 특히 필요성을 느끼고 늦게 공부하는 분들은 많은

존 라베리
John Lavery

빨간 책을 읽는 오러스
Miss Auras, The Red Book

1856~1941 | 캔버스에 유화 | 76.3 × 63.5cm | 개인 소장품

것들을 감수하고 나아가야 하니까요.

그렇지만 배우는 즐거움, 그것은 나만이 가질 수 있는 큰 자산으로 나를 더욱 성
숙시킬 것입니다.

두려워할 것은 아무것도 없다.
다만 이해해야 하는 것이 있을 뿐이다.

마리 퀴리 Marie Curie

일과 생활,
둘 사이의 균형을 맞추는 일

'여자들은 집안일, 회사 일을 구분 못해'라는 편견에 맞설 수 있는 그림이 있다면 좋겠습니다. 육아나 집안일, 사적인 일과 사회생활의 균형을 맞출 수 있도록 도움이 되면 좋겠지요.

많은 사람들은 아이가 있는 여성들이 집안일과 회사 일을 구분하지 못한다고 합니다. 어쩌면 아이를 키우는 입장에서 많은 부분을 아이에게 신경 쓸 수밖에 없기 때문에 그렇게 보일 수 있습니다.

예전에야 집안일이 곧 여자들의 일이어서 구분을 할 필요가 없었겠지요. 하지만 현대사회는 전문적인 일들도 남녀의 구별 없이 참여하고 있고, 여성과 남성의 구별보다는 일의 능력으로 평가하게 됩니다.

저도 일과 생활을 균형 있게 하기 위해 이를 악물고 살았습니다. 지금은 어느 정

에드윈 로드 윅스
Edwin Lord Weeks

스케치-두 명의 인도 무희
Sketch-Two Nautch Girls
1849~1903 | 캔버스에 유화 | 58.5 × 46.3cm | 개인 소장품

도 균형을 맞추었다고 '휴' 하고 숨을 고르고 있지만 훌쩍 커버린 아이들을 볼 때면 '그때 더 잘해줄 걸' 하는 아쉬움이 남는 엄마이기도 합니다. 일과 생활 사이에 균형을 맞추기 힘든 분들이라면 주변 분들에게 본인의 상황을 자주 이야기하고 도움을 요청해야 합니다.

남녀를 떠나서 우리는 힘겹게 일하고 생활하는 모든 이들을 이해하고 예쁘게 봐줘야 합니다. 이런 일들이 결국 내 주변 사람이나 내 자식의 일이 될 테니까요.

거룩하고 즐겁고 활기차게 살아라.
믿음과 열심에는 피곤과 짜증이 없다.

어네스트 홈즈 Ernest Holmes

무기력함을 극복해줄
그림 한 점

삶이 무기력해질 때가 있습니다. 나름 최선을 다하고 살았는데 현재의 내 모습을 보면 아무것도 없는 듯합니다. 가정적으로나 사회적으로나 마찬가지입니다. 앞의 그림을 보시면 맑고 경쾌함을 느낄 수 있습니다. 배가 보이고, 일하는 어부들도 몇몇 보입니다. 이들은 바닷가에 나갈 때마다 목숨의 위협과 더불어서 어획량을 기대할 수밖에 없습니다. 그러나 어떤 날은 물고기가 잡히기는커녕 파도와 싸우며 힘든 하루를 보내기도 합니다. 활력 넘치는 어촌 생활 속에서도 이들의 삶 또한 무기력해질 수 있습니다.

삶에는 새로움과 설렘도 있지만 무기력함도 존재합니다. 사람들은 삶이 무기력하게 느껴질 때 시장에 가보라고 말합니다.

라울 뒤피
Raoul Dufy

생트 아드레스의 검은 화물선
Cargo noir a Sainte-Adresse

1948~1952 | 이조렐(하드보드)에 유화 | 40.4 × 51cm | 파리 국립 현대 미술관, 카오르 앙리 마르탱 미술관 위탁

치열하게 사는 사람들을 볼 때 다시 삶의 의미와 감동을 받게 된다는 거지요.
맑고 경쾌하여 마치 수채화를 보는 것처럼 기분 좋아지는 이 그림과 그림 속 어
부들의 삶을 보면서 무기력함을 극복해보시기 바랍니다.

라울 뒤피의 그림을 다시 한 번 살펴봐주세요.

그림을 유심히 보면서 내 마음에 어떤 변화가 있는지 관찰해봅시다.

무기력한 마음에 어떤 물결이 일고 있나요?

오른쪽의 빈 원에 마음의 물결무늬를 그려보세요.

작은 물결이 큰 파동이 되어 마음을 움직여줄 것입니다.

자연은 신의 작품이요,
예술은 사람의 작품이다.
헨리 워즈워스 롱펠로 Henry Wadsworth Longfellow

나는 '나의 길'을
걸어간다

처음 이 그림을 접하면서 이 여인의 몸이 참 아름답다고 생각했습니다. 더불어 '얼마나 추울까' 하는 감탄사와 동정심이 생겼습니다. 그러나 시간이 지나서 다시 이 그림을 보았을 때 흰 말 위에 씌워진 붉은색의 담요와 안장에서, 이 여인의 표정과 자태에서 단호함과 귀함을 읽을 수 있었습니다.

우리는 주변에서 들려오는 많은 이야기들에 마음 아파하기도 하고 외로워하기도 하면서 인생을 살아갑니다. 그때마다 우리는 벌거벗은 사람인 양 나 자신이 다 드러나는 것처럼 느끼기도 하고 사람들이 사방에서 비웃고 돌을 던지는 것처럼 느끼기도 합니다. 누구나 이런 순간이 있습니다. 그러나 이때 우리는 흔들리면 안 됩니다. 내가 흔들리면 곧 말도 움직여서 평온을 잃게 됩니다.

존 콜리어
John Collier

고디바 백작부인
Lady Godiva

1898 | 캔버스에 유화 | 142.2 × 183cm | 영국 코벤트리의 허버트 박물관

모든 이들이 나를 조롱하는 것 같지만 막상 주위를 둘러보면 이 그림에서처럼 나를 지켜보는 사람이 없다는 걸 알게 됩니다. 우리는 남을 신경 쓰기보다 '나는 나의 길을 간다'라고 생각하고 묵묵히 걸어가면 될 것입니다.

정말 홀로서기를 하고 싶은 사람이라면,
뭘 기르는 게 좋아. 아이든가, 화분이든가.
그러면 자신의 한계를 알 수 있게 되거든.
거기서부터 다시 시작하는 거야.

요시모토 바나나 Yoshimoto Banana

나의 기준을
만들어가세요

일을 잘하고 생활을 잘하기 위해서는 결국 나만의 기준을 엄격히 지켜가는 것이 중요합니다.

타마라 렘피카는 그런 여성이었습니다. 당시 여류화가가 남자들과 경쟁하면서 사회적 편견을 깨는 것은 큰일이었습니다. 그러나 그녀는 항상 당당했습니다. 삶에도 당당했지만 본인의 직업인 화가로서도 열심히 실력을 쌓았습니다. 그 누구보다 자신에게 엄격했던 것입니다. 그 후 그녀는 샤넬을 비롯한 많은 디자이너들에게 영감을 주는 화가가 되었습니다.

딸을 아주 많이 사랑해서 그림에는 항상 딸을 등장시켰지만 딸에 대한 집착을 보이지 않으려고 모성애를 사회적으로 정죄할 정도였습니다. 당당함 뒤에는 얼마나 나를 엄격하게 훈련시켜야 하는지를 잘 알 수 있는 그림입니다.

타마라 렘피카
Tamara de Lempicka

장갑을 낀 젊은 여인
Young Lady with Gloves

1930 | 캔버스에 유화 | 61 × 46cm | 조르주 퐁피두센터

같은 실수를
반복하는 나

실수가 반복되면 주변의 시선을 무시할 수가 없습니다. 또한 나 자신에게도 실망하게 되어 자꾸 주눅이 들고 일하기가 힘들어집니다. 그러나 아무런 실수 없이 일을 해내고 있다면 그것이 더 큰 문제라고 생각합니다. 처음부터 완벽한 실력을 보여줄 사람은 그 누구도 없을 테니까요.

실수가 두려워서 일을 피하게 되면 결국 나중에 더 큰 실수를 하게 되어 수습이 힘들어질 수도 있습니다. 그러니 실수가 반복되더라도 당당하게 일을 배우세요. 단, 왜 실수가 반복되는지 원인은 알고 있어야 합니다.

분명 시간이 지나면 얼마만큼 실수하고 배우고 깨달았는지의 여부가 일 잘하는 사람으로 변화하게 만들어줄 것입니다.

장 오귀스트 도미니크 앵그르
Jean Auguste Dominique Ingres

오송빌 백작부인
Comtesse d'Haussonville

1845 | 캔버스에 유화 | 132 × 92cm | 미국 뉴욕 프릭 컬렉션

마음만 앞서나가 자잘한 실수를 반복하는 때가 있습니다.

엎친 데 덮친 격이라고 실수는 또 다른 실수를 유발합니다.

일이 자꾸 순조롭게 풀리지 않으면 마음 역시 금세 조급해지기 마련인데요.

실수가 반복될 때에도 용기를 가질 수 있었던 계기는 무엇인가요?

아픈 손가락을 보이지 말라.
그러지 않으면 모두가 그곳을 찌를 것이다.
장 오귀스트 도미니크 앵그르 Jean Auguste Dominique Ingres

지금 이 순간을
소중히 여기는 삶

인생을 살다 보면 빨리 달려야 하는 시기가 있습니다. 스스로 원해서 달려가는 것도 있지만 상황이 몰아치면서 달려가게 만드는 경우도 있습니다. 비탈길로 가기도 하고 눈이나 비를 피할 틈도 없이 맞고 가기도 합니다. 이렇게 달리다 보면 어느 순간 인생의 목표들이 이루어지고 삶의 속도를 조절해야 하는 시기들이 옵니다. 이 때 역시 내가 만들기도 하지만 상황이 만들어지는 경우도 있습니다.

눈이 내리는 풍경은 참 아름답습니다. 눈이 있는 겨울날의 하늘은 유난히 파랗습니다. '시리도록 아름답다'는 말이 이 그림에 맞겠지요. 그림을 보면 눈 덮인 빨간색의 집이 보입니다. 빨간 집은 우리의 시야를 집중시키고 따뜻함을 전해주며 촉각 또한 자극시킵니다. 집 안에는 화로나 벽난로가 있을 것 같고 따스한 차나 수프를 먹을 수 있을 것 같습니다.

클로드 모네
Claude Monet

노르웨이의 빨간 집들
Norway, Red Houses at Bjornegaard

1895 | 캔버스에 유화 | 65 × 81cm | 파리 마리모탕 박물관

온몸이 노곤해지면 잠시 잠을 청해도 좋겠습니다. 밖에는 흰 눈이 가득 쌓여 인생을 돌아보기에 좋습니다. 세상의 많은 부분을 덮어버린 하얗고 깨끗한 세상과도 마주할 수 있으니까요.

지치고 힘들게 달려온 인생길을 되돌아보며 눈이 쌓인 빨간 집에서 우리도 잠시 쉬어가면 어떨까요?

사람은 살려고 태어나는 것이지
인생을 준비하려고 태어나는 것은 아니다.
인생 그 자체, 인생의 현상,
인생이 가져다준 선물은 숨이 막히도록 진지하다.

보리스 파스테르나크 Boris Pasternak

오롯이 나만
생각하는 순간

르누아르의 그림을 보면 부드럽고 다양한 색감으로 인해 '아름답다'는 생각을 절로 하게 됩니다. 그림 속 이 여성은 멋지게 차려입고 자신이 하고 싶은 일에 집중하고 있습니다. 표정도 밝고 아름답습니다.

하루하루 너무 바쁘게 흘러가다 보니 우리는 오롯이 나만 생각하는 시간을 갖기 어렵습니다. 일도 생각해야 하고 가정도 생각해야 하는 이들이라면 오히려 나만의 시간이 사치스럽게 느껴지기도 합니다. 그러나 나만의 시간을 즐길 줄 알아야 합니다. 소소한 자신만의 시간을 즐길 줄 알아야 나중에 후회가 없습니다. 그리고 일의 능률도 훨씬 올릴 수 있습니다.

꽃 한 송이 꽂아 놓고 차를 마셔도 좋고, 음악을 들으며 와인을 마시는 것도 좋습니다.

오귀스트 르누아르
Pierre Auguste Renoir

바느질하는 마리
Marie Therese Durand Ruel Sewing

1882 | 캔버스에 유화 | 64.9 × 54cm | 미국 클락 박물관

여행을 가는 것도 좋은 방법이겠네요. 내가 즐거워할 수 있는 나만의 취미와 시간들을 잘 사용하기 바랍니다.

나만을 위한 작은 사치는 오히려 자존감을 높여주는 효과도 있답니다.

당신이 나에게서 빼앗을 수 없는 한 가지는
당신의 행동에 내가 어떻게 반응할지
내가 결정할 수 있다는 것이다.
인간의 마지막 자유는 어떠한 상황에서도
자신의 태도를 선택할 수 있다는 것이다.

빅터 프랭클 Viktor Frankl

당신을 기다리고 있는
내일의 태양

고흐의 이 작품을 볼 때면 태양의 화려함과 강렬함, 그리고 희망이 느껴집니다. 그림 속 농부의 밭은 생명력으로 꿈틀거립니다. 다양한 색상의 붓 터치는 그림을 보는 이에게도 온통 생동감이 느껴지게 하고 있습니다.

"해가 뜨기 직전의 상태가 가장 어둡다"는 말이 있습니다. 이 말은 힘들고 절망스러울 때 저에게 큰 힘이 되었던 말입니다.

인생을 살아가기 참으로 힘들고, 내 마음대로 풀리지 않고, 때로는 타고난 환경이 원망스러워서 눈물짓기도 했던 당신에게 이 그림은 용기를 주며 말하고 있습니다.

내일은 내일의 태양이 뜰 것이라고, 그 태양이 떠오르기 직전인 지금이 가장 어두울 때라고 말입니다.

빈센트 반 고흐
Vincent van Gogh

씨 뿌리는 사람
The Sower

1888 │ 캔버스에 유화 │ 64.2 × 80.3cm │ 네덜란드 암스테르담 국립미술관

인생은
아름다워

인생이 아름답다는 것은 무엇을 말하는 걸까요?

많은 부와 사회적 지위를 가진 경우일까요? 오히려 우리 주변에는 지나친 부가 화를 불러일으키는 안타까운 소식들이 들려옵니다. 부가 아니라면 미모일까요? 그것도 오래가지 못합니다. 성경 속 최고의 부와 권력을 가졌던 지혜의 왕 솔로몬도 모든 것이 헛되다고 했습니다.

이런 것들을 볼 때 인생의 아름다움은 외적인 충족이 전부가 아님을 알 수 있습니다.

마음의 만족과 평안함, 행복감을 느끼는 것이 우선입니다.

이 그림을 보면 정원이 전체적으로 안정되어 있습니다. 흰색의 꽃도 잔잔하게 피어있습니다. 여성의 뒷모습을 보면 평온하고 편안하지만 자기의 색깔이 분명

윌리엄 존 헤네시
William John Hennessy

완벽한 사랑
The Pride of Dijon

1879 | 캔버스에 유화 | 30 × 36cm | 개인 소장품

한 옷을 입고 여유로운 태도를 보입니다.

우리가 인생을 살아가는 순간순간마다 "인생은 비록 힘들지만 아름다워" 라고 말할 수 있는 긍정적인 마음가짐을 갖는다면 좋겠습니다.

인생의 중년의 시점에도 "그럼에도 내 인생은 아름다웠고 앞으로 더 아름답게 살 거야"라는 고백들이 나오기를 바랍니다.

인생을 해롭게 하는 비애를 버리고
명랑한 기질을 간직하라.

월리엄 셰익스피어 William Shakespeare

국립중앙도서관 출판시도서목록(CIP)

그림의 결 : 오늘이 외롭고 불안한 내 마음이 기댈 곳 / 지은이: 김선현.
-- 서울 : 위즈덤하우스, 2017
    p. ;   cm

ISBN 978-89-5913-483-0 03810 : ₩17800
수기(글)[手記]

818-KDC6
895.785-DDC23   CIP2017006574

오늘이 외롭고 불안한 내 마음이 기댈 곳

그림의 결

초판 1쇄 발행 2017년 3월 29일
초판 3쇄 발행 2017년 4월 14일

지은이 김선현
펴낸이 연준혁

출판 2본부 이사 이진영
출판 2분사 분사장 박경순
책임편집 우지현
디자인 김준영

펴낸곳 (주)위즈덤하우스 **출판등록** 2000년 5월 23일 제13-1071호
주소 경기도 고양시 일산동구 정발산로 43-20 센트럴프라자 6층
전화 031)936-4000 **팩스** 031)903-3893
홈페이지 www.wisdomhouse.co.kr

값 17,800원 ISBN 978-89-5913-483-0 [03810]